# 俄語
# 會話寶典

張曦◎編著

萬里機構・萬里書店◎出版

## 俄語會話寶典

編著
張曦

編輯
阿柿

講讀
Аэиэа Маматкулова

封面設計
朱靜

版面設計
黎品先

出版者
萬里機構・萬里書店
香港鰂魚涌英皇道1065號東達中心1305室
電話：2564 7511　　傳真：2565 5539
網址：http://www.wanlibk.com

發行者
香港聯合書刊物流有限公司
香港新界大埔汀麗路36號中華商務印刷大廈3字樓
電話：2150 2100　　傳真：2407 3062
電郵：info@suplogistics.com.hk

承印者
美雅印刷製本有限公司

出版日期
二〇一二年五月第一次印刷

 萬里機構wanlibk.com

# 前言 *Foreword*

翻開本書，聆聽錄音，這你會發現「俄羅斯」的原文Россия其實不唸「俄羅斯」，而是近似「露西亞」！（正確發音可參考第108頁）

人們用俄語詢問你的問題或提供給你的說明和資訊。隨著中俄兩國政治、經濟、文化、科技等方面交流的進一步深化，希望瞭解俄羅斯社會、進行對俄交流的人士越來越多，渴望學習俄語的人也日益增多。

無論是旅訪俄國，還是接待俄人，你是否因語言不通而感到無助？吃飯、逛街購物或是問路時，是否因為俄語單詞貧乏或不知如何表達，總是連說帶比劃而浪費很多時間？你是否常覺得學習那麼多年的俄語，下了那麼多功夫，俄語還是與你無緣？

本書適合俄語初學者。每句會話都備中俄翻譯，並附羅馬拼音。內容包含完備的俄語會話情景，配合標準俄語示範朗讀。只要讀者反覆聆聽、跟讀，俄語會話能力必可提升。

## 使用說明

◎ 同義示例　　◉ 類似示例　　✦ 語文知識

◎ 反義示例　　🔊 衍生對話

# 目録 *Content*

3　　前言

## Chapter 1　交際

10　　問候
13　　初次見面
15　　道別送行
17　　道謝
20　　道歉
23　　問路
25　　邀請
28　　預約
30　　辨認
33　　描繪
35　　**Column 1**：稱謂

## Chapter 2　打開話匣子

38　　時間
41　　日期
44　　天氣
47　　興趣
50　　家鄉
53　　家庭
56　　人物
59　　物品

| | |
|---|---|
| 62 | 學習 |
| 64 | 將來 |
| 67 | Column 2：數字 |

## Chapter 3　表情達意

| | |
|---|---|
| 70 | 是否同意 |
| 73 | 是否肯定 |
| 75 | 是否喜歡 |
| 77 | 是否信任 |
| 79 | 表達意見 |
| 81 | 建議 |
| 84 | 要求 |
| 87 | 讚揚 |
| 89 | 驚喜 |
| 91 | 希望 |
| 94 | 關心 |
| 96 | 警告 |
| 98 | 抱怨 |
| 101 | 願望和祝福 |
| 104 | Column 3：名詞的性、數、格 |

## Chapter 4　深入話題

| | |
|---|---|
| 106 | 潮流 |
| 108 | 國情 |

| 111 | 節日 |
|---|---|
| 114 | 民俗 |
| 117 | 傳媒、報紙和雜誌 |
| 119 | 商貿 |
| 122 | 科技 |
| 125 | 文化 |
| 128 | 留學 |
| 130 | 旅行 |
| 133 | Column 4：前置詞 |

## Chapter 5　電話

| 136 | 打錯電話 |
|---|---|
| 140 | 電話干擾 |
| 143 | 受話人不在 |
| 146 | 受話人正和別人通電話 |
| 148 | 深夜通電話 |
| 150 | 太晚回覆電話 |
| 153 | 借用電話 |
| 155 | 通信工具 |
| 158 | 電話交談 |
| 161 | Column 5：形容詞的性、數 |

## Chapter 6　交通

| 164 | 巴士 |
|---|---|
| 166 | 城市交通 |
| 169 | 地鐵 |
| 171 | 火車站 |

174　機艙
176　船艙
178　市內交通
180　Column 6：動詞的變位

## Chapter 7　消費

182　購物
184　就餐
186　提款
188　食堂
190　住宿
193　郵寄
195　遊覽
197　美髮
199　娛樂
201　Column 7：代詞的數、變格

## Chapter 8　特殊場景

204　呼救
206　求醫
208　報失
210　武術館
213　足球場
216　歌舞廳
218　Column 8：俄羅斯文化

220　附錄：俄語‧羅馬拼音對照表

# *Chapter 1*

交際

# 問 候

| | |
|---|---|
| **早安！**<br>**（早晨好！）**<br><br>日安！<br>（中午好！）<br>晚上好！ | **Доброе утро!**<br>**Dobroe utro!**<br><br>🔊 Добрый день!<br>　Dobry den!<br><br>🔊 Добрый вечер!<br>　Dobry vecher!<br><br>💡 "добрый，доброе" 分別是陽性和中<br>　性的形容詞，都是 "好的" 的意思。<br><br>💡 "утро，день，вечер" 都是名詞，分<br>　別是 "早上，白天，晚上" 的意思。 |
| **你好！**<br><br>你好！ | **Привет!**<br>**Privet!**<br><br>🔊 Здорово!<br>　Zdolova!<br><br>💡 二者都是無人稱的問候用語，相當於<br>　中文的 "你好"。僅適用於關係親<br>　近的人或是熟人之間，在年輕人之<br>　間尤其常用。不同在於，Здорово 比<br>　Привет更加口語化，甚至是俚語化，<br>　多用於男人之間的問好。 |
| **很高興見到您。**<br><br>很高興見到您。 | **Рад вас видеть.**<br>**Rad vas vigetq.**<br><br>🔊 Рада вас видеть.<br>　Rada vas vigetq.<br><br>💡 "видеть" 是 "看見" 的意思。<br><br>💡 "рад，рада" 都是 "高興" 的意思。 |
| **歡迎光臨！**<br><br>向您表示歡迎！ | **Добро пожаловать!**<br>**Dobro bozhalovatq!**<br><br>🔊 Приветствую вас!<br>　Privetuju vas!<br><br>💡 二者都是對客人的到來表示歡迎，用<br>　於比較正式的場合。回答時多表示感<br>　謝，可以用Спасибо。 |
| **歡迎光臨時裝展覽<br>會！** | **Добро пожаловать на показ мод!**<br>**Dobro bozhalovatq na bokas mot!** |

| 您過得怎麼樣？ | Как вы живёте? |
| | Kak vy zhivjote? |
| 您過得怎麼樣？ | ⊛ Как вы поживаете? |
| | Kak vy bozhivaete? |
| | ☆ "как"是"怎麼樣"的意思。回答時為了表示禮貌，首先要表示感謝，然後再回答問話並且問候對方。 |

| 謝謝，一切都好。您呢？ | Спасибо. Всё в порядке. А у вас? |
| | Sbasibo vso v bariatke a v vas? |

| 謝謝，很好。 | Спасибо, хорошо. |
| | Sbasibo harasho. |

| 謝謝，一切照舊。 | Спасибо. Всё по-старому. |
| | Sbasibo vsjo bo staramu. |

| 不錯。 | Не плохо. |
| | Ne ploho. |

| 還行。 | Так себе. |
| | Dak sebe. |

| 不好。 | Плохо. |
| | Ploho. |

| 近況如何？ | Как дела? |
| | Kak tela? |
| 生活如何？ | ✒ Как жизнь? |
| | Kak zhiznq? |
| | ☆ 二者問候的比較隨便，只用於關係親近的同齡人或年長者對年輕者的問候。 |
| | ☆ "дела"是"дело"的名詞複數，泛指各種事情。 |

| 有什麼新鮮事嗎？ | Что нового? |
| | Chto novogo? |
| 有什麼有意思的嗎？ | ✒ Что интересного? |
| | Chto interesnogo? |

11

| 沒什麼新鮮事。 | Ничего нового. |
| | Nichego novogo. |
| 沒什麼有意思的事。 | (㗊) Ничего интересного. |
| | Nichego interesnogo. |

| 久仰大名。 | Я много о вас слышал. |
| | Ja mnogo o vas slyshal. |
| 久聞大名。 | 🐦 Я много о вас наслышан. |
| | Ja mnogo o vas naslyshan. |
| | ☼ "слышать" 是 "聽說" 的意思。一般用法是 "слышать о ком-чём"，譯為 "聽說了什麼"。 |

| 好久不見！ | Сколько лет, сколько зим! |
| | Skolqko let, skolqko zim! |
| 好久不見了！ | 🐦 Давно вас не видела. |
| | Davno vas ne videla. |

| 原來是你！ | Кого я вижу! |
| | Kogo ja vizhu! |
| 是哪陣風把你吹來了？ | 🐦 Каким ветром тебя занесло? |
| | Kakim vetrom tebja zaneslo? |

| 對不起，我沒認出你。 | Простите, я вас не узнаю. |
| | Prostite, ja vas ne uznau. |
| 很抱歉，可是我不記得您是…… | 🐦 Извините, но я вас не помню... |
| | Izvinite, no ja vas ne bomnu... |
| | ☼ Извините是извинить的命令式，表示 "請原諒、很抱歉"。 |
| | ☼ 俄語中動詞的命令式，如果帶 "те" 則表示比較禮貌的請求等，如果不帶 "те"，則態度較為嚴厲。 |

| 您結婚了嗎？ | Вы женаты? |
| | Vy zhenady? |
| 您結婚了嗎？ | 🐦 Вы замужем? |
| | Vy zamuzhem? |
| | ☼ 這兩個句子從表面上看都是表示詢問對方的婚姻，但有所不同。前者是對男子的詢問，женаты是形容詞женатый的短尾形式，женатый譯為 "結了婚的，有妻子的"。而後者的замужем是副詞，表示 "出嫁"，замжем за кем表示 "嫁給某人"。 |

# 初 次 見 面

| 你叫什麼名字？ | Как тебя зовут?<br>Kak tebia zovut? |
|---|---|
| 您（你們）叫什麼名字？ | 🔊 Как вас зовут?<br>Kak vas zovut?<br><br>☆ Как是"怎樣"的意思。<br><br>☆ звать是"稱呼"的意思，зовут是其變位形式，這是一個不定人稱句。<br><br>☆ тебя是ты的第四格可用於非正式的熟人，同輩之間，вас是вы的第四格，用於詢問多人或者晚輩對長輩，下級對上級，所以運用時要考慮當時的語境。 |
| 我是奧莉亞。 | Меня зовут Оля.<br>Menia zovut olia. |
| 我是維克多爾。 | 🔊 Я Виктор.<br>Ja Viktor.<br><br>☆ Оля是俄羅斯女名，名字第一個字母要大寫。 |
| 你説你叫什麼名字？ | Как тебя зовут, ты сказал?<br>Kak tebia zovut,ty skazal? |
| 我沒聽清你的名字。 | 🔊 Я не слышал ваше имя.<br>Ja ne slyshal vashe imia.<br><br>☆ Сказал是сказать的過去式，是"説"的意思，沒有聽清對方的話所以要再問一遍，因為對方是剛才説的，這個行為已經完成，所以要用過去式。當沒聽清對方的名字時，可以用以上兩種句型再詢問一遍。 |
| 我的名字俄語中的意思是"快樂"。 | Мое имя по-русски значит "веселье".<br>Moio imia po-ruski znachit "veselie". |
| 我的名字中文中的意思是"知識"。 | 🔊 Мое имя по-китаиски значит "знание".<br>Maio imia po-kitaiski znachit znanie. |

| | |
|---|---|
| 我的名字是跟着我祖父取的。<br><br>我的名字是我爸爸取的。 | Я получил имя от дедушки.<br>Ja poluchil imia ot dedushki.<br><br>🔘 Я получил имя от папы.<br>　　Ja poluchil imia ot papy.<br>☼ 是是我的意思。 |
| 您多大了？<br><br>你多大了？ | Сколько вам лет?<br>Skolqko vam let?<br><br>🔘 Сколько тебе лет?<br>　　Skolqko tebe let?<br>☼ Сколько是"多少"的意思。 |
| 我38歲了。<br><br>我48歲了。 | Мне тридцать восемь лет.<br>Mne tridcatq vosemq let.<br><br>🔘 Мне сорок восемь лет.<br>　　Mne sorok vosemq let.<br>☼ Тридцать是三十的意思。<br>☼ восемь是八的意思。 |
| 我5月份就29歲了。<br><br><br><br>我下個月滿40歲。 | В мае мне исполнилось двадцать девять лет.<br>V mae mne ispolnilosq dvadcatq deviatq let.<br><br>🔘 В следующем месяце мне исполнится сорок.<br>　　V sleduiuschiem mesiace mne ispolnitsja sorok. |
| 在工作中你是使用，自己的名嗎？<br><br>在工作中你是使用你的名字嗎？ | В работе ты используешь своё имя?<br>V rabote ty ispolqzueshq svoio imja?<br><br>🔘 В работе ты используешь твоё имя?<br>　　V rabote ty ispolqzueshq tvojo imja? |
| 你什麼時候讀完大學的？<br><br>你什麼時候離校？ | Когда ты окончил университет?<br>Kogda ty okonchil universitet?<br><br>🔘 Когда ты уедешь из университета?<br>　　Kogda ty uedeshq iz universiteta?<br>☼ университет是"大學"的意思。這裏的大學指的是綜合性大學，在俄語中институт指的是"學院"，一般指專門性的學院例如醫學院，外語學院等。 |

# 道 別 送 行

| | |
|---|---|
| **我得走了。** | **Пора уйти.**<br>Pora uiti. |
| 我該走了。 | 國 Я пошёл.<br>JA poshjol. |
| | ☀ уйти是 "離開" 的意思。這樣的句型很多，在日常生活中經常用到的，例如 "Пора обедать/該吃飯了"。 |
| | ☀ Уйти是步行離開的意思，在俄語中步行離開與乘車離開用的是不同的詞。уехать是表示乘車離開。 |
| **現在我該走了。** | **Теперь мне надо идти.**<br>Teperq mne nado idti. |
| **再見。** | **До свидания.**<br>Do svidanija. |
| 祝你一切順利。 | 國 всего доброго.<br>Vsego dobrogo. |
| | ☀ 這是俄語中最常見的表示再見意思的句子，在分別 最常用的也是這個句子。 |
| **再見。** | **До встречи.**<br>Do vstrechi. |
| **明天見。** | **До завтра.**<br>Do zavtra. |
| **再見。** | **Пока.**<br>Poka. |
| | ☀ 也是表示再見，但它表示的是短暫的告別，蘊含一會兒還能再次見到的意思。這個句子的應用範圍也很廣，在打電話時也經常用到。 |
| **保持聯繫。** | **Давайте будем на связи.**<br>Davajte budem na svjazi. |
| 保持合作。 | 國 давайте будем иметь дело с вами.<br>Davajte budem imetq delo s vami. |
| | ☀ будем是быть的第一人稱複數形式，這句話的翻譯雖然是 "保持聯繫"，但它隱含的主語是 "讓我們" 保持聯繫，所以用第一人稱複數形式。 |

| 吃飯吧。 | Давайте победаем.<br>Davaitie pabiedaem. |
| | ☼ Победаем是победать的複數第一人稱變<br>位形式，這種類型的祈使句在俄語中<br>應用廣泛。 |
| 祝你們一切都<br>好！ | Всё будет хорошо!<br>Vsjo budet holosho! |
| 一切都會好起來的。 | 🔘 всё будет в порядке.<br>Vsjo budet v porjadke. |
| 我們很快會再<br>見。 | Скоро увидимся.<br>Skoro uvidimsja. |
| 我們很快會重逢。 | 🔘 скоро встретимся.<br>Skoro vstretimsja. |
| | ☼ Скоро是副詞，很快的意思。 |
| 很高興見到你們<br>（您）。 | Очень рад вас видеть.<br>Ochenq rad vas videtq. |
| 很高興能夠認識您。 | 🔘 Я очень рад познакомиться с вами.<br>Ja ochenq rad poznakomitqsja s vami. |
| | ☼ Очень是"很，非常"的意思，是副<br>詞，可以修飾動詞，形容詞與副詞，<br>相當於英語中的very，是俄語中運用頻<br>率相當高的一個詞。 |
| 祝你們旅途愉<br>快。 | Желаю вам интересного<br>путешествия.<br>Zhelau vam interesnogo<br>buteshestvija. |
| 祝你們一路順風。 | 🔘 Счастливого пути.<br>Schastlivogo puti. |
| 你晚上會出去<br>嗎？ | Ты вечером выходишь?<br>Ty vecherom vyhodishq? |
| 你晚上有時間嗎？ | 🔘 У вас есть свободное время сегодня вечером?<br>U vas estq svobodnoe vremja segodnja vecherom? |
| 媽媽，我該登機<br>了。 | Мама, мне пора на самолёт.<br>Mama, mne pora na samoljot. |
| 媽媽，我該起飛了。 | 🔘 Мама, мне пора вылететь.<br>Mama, mne pora vyletetq. |
| | ☼ самолёт是飛機的意思。同樣情況下還<br>可換成別的，如поезд 即上火車。 |

## 道　謝

| | |
|---|---|
| **謝謝。**<br><br>非常感謝。 | Спасибо.<br>Spasibo .<br><br>🔊 Огромное спасибо.<br>Ogromnoe spasibo.<br><br>💬 這是最長用的表達感謝方式，非常簡練。在口語中非常常用，在感情色彩上是表示一般感謝，可以加上別的詞表示更深程度的感謝。 |
| **非常感謝。** | Большое спасибо.<br>Bolqshoe spasibo.<br><br>💬 Большое是"大的"意思，加在спасибо之前就表示"非常感謝"的意思，спасибо還可以與за連用，表示具體感謝的內容。 |
| **對此表示感謝。** | Спасибо за это.<br>Spasibo za ehto.<br><br>💬 за是前置詞，後加第四格表示要感謝的內容。 |
| **感謝你的幫助。** | Спасибо вам за помощь.<br>Spasibo vam za pomoschq. |
| **我對此表示感謝。**<br><br>我對此表示萬分感激。 | Благодарю за это.<br>Blagodarju za ehta.<br><br>🔊 спасибо вам за это.<br>Spasibo vam za ehto. |
| **非常感謝您的幫助。** | Благодарю вас за помощь.<br>Blagodarju vas za pomoschq. |
| **不客氣。** | Не за что.<br>Ne za chto. |
| **不客氣。** | Пожалуйста.<br>Pozhalujsta. |

🔘 18.mp3

| 我該怎樣感謝你的幫助呢？ | Как я могу благодарить тебя за помощь?<br>Kak ja mogu blagodaritq tebja za pomoschi? |
|---|---|
| 我該怎樣回答您的問題呢？ | 🔊 как я могу отвечать на ваш вопрос?<br>Kak ja mogu otvechatq na vash vopros? |
| 你不知道這個忙對我有多重要。 | Ты даже не представляешь, как важна эта помощь для меня.<br>Ty dazhe ne predstavljaeshq, kak vazhna ehta pomoschi dlja menja. |
| 你不知道這個機會對我多麼重要。 | 🔊 ты даже не представляешь, как важен этот шанс для меня.<br>Ty dazhe ne predstavljaeshq, kak vazhen ehtot shans dlja menja. |
| 如果沒有你的鼓勵，我是不可能跑完這場比賽的。 | Без твоей поддержки, я не смогу закончить соревнование.<br>Bez tvaei badieljki, ia nie smaku zakohchitq sorevnovanie? |
| 如果沒有你的鼓勵，我是不可能學業有成的。 | 🔊 без твоей поддержки, я не смогу получить успех в учёбе.<br>Bez tvoej poderzhki, ja ne smogu poluchitq uspex v uchjobe. |
| 你以後還需要幫忙的話，一定要讓我知道。 | Если тебе нужна помощь в будущем, обязательно скажи мне.<br>Esli tebe nuzhna pomothq v buduthem, objazatelqno skazhi mne. |
| 如果你以後有什麼需要，給我打電話。 | 🔊 Если тебе нужна помощь в будущем, позвоните мне.<br>Esli tebe nuzhna pomothq v buduthem, pozvonite mne. |
| 我能幫你嗎？你好像迷路了。 | Могу я тебе помочь? может быть, ты потеряла дорогу.<br>Mogu ja tebe pomochq? Mozhet bytq, ty poterjala dorogu? |
| 我有什麼能幫得上你的嗎？ | 🔊 Чем я могу помочь вам?<br>Chem ja mogu pomochq vam?<br><br>💡 может быть在這裏是插入語，這是俄語中的一個常用短語，是"大概，可能"的意思。 |

| | |
|---|---|
| 是啊，我確實迷路了。 | Да, действительно.<br>Da, dejstvitelqno. |
| 我想去革命路。你知道在哪裏嗎？ | Мне надо на проспект революции. Знаешь, где он?<br>Mne nado na prospekt revorjucii. Znaeschq, gde on? |
| 我想去故宮，你知道怎麼走嗎？ | 🔊 Я хочу поехать в Гугун, знаешь, где он?<br>Ja xochu poexatq v Gugun, znaeshq, gde on? |
| 知道，過前面兩個街口然後向左拐。 | Через два перекрёстка, потом повернуть налево.<br>Cherez dva perekrjostka, potom povernutq nalevo. |

**19**

## 道　歉

| | |
|---|---|
| **對不起。**<br><br>請您原諒。 | Извините.<br>Izvinite.<br><br>⑧ Извините меня.<br>Izvinite menja.<br><br>☆ 這是俄語中最常見的一種道歉形式。<br>出現的頻率非常高。 |
| **非常抱歉。** | Виноват.<br>Vinovat. |
| **我請求原諒。** | Я прошу прощения.<br>Ja proshu proschenija. |
| **沒關係。** | Ничего.<br>Nichego. |
| **對不起，我批評了您。**<br><br>對不起，我不應該批評您。 | Извините, что я критиковал вас.<br>Izvinite, chto ja kritikoval vas.<br><br>⑧ Извините, мне не надо критиковать вас.<br>Izvinite, mne ne nado kritikovatq vas. |
| **對不起，我今天上課遲到了。** | Извините, что я опоздала на урок сегодня.<br>Izvinite, chto ja opozdala na urok sevodnja. |
| **這怪我。**<br><br>這是我的錯。 | В этом виноват я.<br>V ehtom vinovat ja.<br><br>⑧ Это моя ошибка.<br>Ehto moja oshibka. |
| **這都是我的錯。** | Во всём виноватq лишь я один.<br>Vo vsjem vinovatq lishq ja odin. |
| **這是我的錯。** | Это моя ошибка.<br>Ehto moja oshibka. |

| | |
|---|---|
| **請接受我的道歉。** | **Разрешите мне извиниться.**<br>Razreshite mne izvinitqsja. |
| 請接受我的節日祝福。 | 🔊 Разрешите мне поздравлять вас с праздником.<br>Razreshite mne pozdravljatq vas s prazdnikom. |
| **為什麼我要請您原諒?** | **Почему я должен просить у вас прощение?**<br>Pochemu ia doljeh prasitq u vas proschenie? |
| 為什麼我要請您吃飯? | 🔊 почему я должен угощать вас?<br>Pochemu ja dolzhen ugothatq vas?<br>💡 просить是"要求"的意思,這裏的 просить у кого прощение是一個固定搭配,"請求某人原諒的意思"。 |
| **這是你這個月第三次遲到了。** | **Это уже ты третий раз опаздывала в этом месяце.**<br>Ehto uzhe ty tretij raz opazdyvala v ehtom mesjace. |
| 這是你這個月第三次曠課了。 | 🔊 Это уже ты третий раз прогуляла урок.<br>Ehto uzhe ty tretij raz proguljala urok. |
| **你還會有藉口嗎?** | **У тебя ещё есть предлог?**<br>U tebja ethjo estq predlog? |
| 你還有什麼其他原因嗎? | 🔊 У тебя ещё есть другая причина?<br>U tebja eschjo estq drugaja prichina? |
| **你還有別的原因嗎?** | **У тебя ещё есть причина?**<br>U tebja eschjo estq prichina ?<br>💡 причина "原因"的意思。 |
| **你還有別的解釋嗎?** | **У тебя ещё есть объяснение?**<br>U tebja ethjo estq objasnenie?<br>💡 объяснение中性名詞,"解釋"的意思。 |

| | |
|---|---|
| 好吧，我就再給你一次機會。 | Ладно, я даю тебе возможность ещё раз.<br>Ladno, ja dajo tebe vozmojnostq eschjo raz. |
| 好吧，這次我就先原諒你。 | ⊕ ладно, я извиню тебя в этот раз.<br>Ladno, ja izvinju tebja v ehtot raz.<br>☼ Ладно是副詞，"好吧"的意思，其同義詞是хорошо，я是第一人稱物主代詞，"我"的意思。 |
| 好吧，我就再給你一次機會。 | Ладно, я даю тебе случай ещё раз.<br>Ladno, ja dajo tebe sluchai eschjo las.<br>☼ Случай陽性名詞，"機會"的意思，也可用момент代替，也是機會的意思。 |
| 您能原諒我嗎？<br><br>您能理解我嗎？ | Можете ли вы меня простить?<br>Mozhete li vy menja prostitq?<br>⊕ можете ли вы меня понимать?<br>Mozhete li vy menja ponimatq? |

# 問 路

| 我在找馬克思大街 524號。 | Я ищу дом NO.524 на проспекте Маркса. |
| --- | --- |
| | Ja ischu dom no.524 na prospekte marksa. |
| 我在找長安大街25號。 | 🔊 Я ищу дом No..25 на проспекте Чанань. |
| | Ja ischu dom no.25 na prospekte CHananq. |

| 順着那條路大約一英里處。 | Это примерно миля пути. |
| --- | --- |
| | Ehto primerno milja puti. |
| 在前面商店的旁邊。 | 🔊 Вот впереди у магазина. |
| | Vot vperedi u magazina. |

| 您能告訴我如何到那兒嗎？ | Скажите, как туда дойти? |
| --- | --- |
| | Skazhite, kak tuda goiti? |
| 您能告訴我郵局怎麼走嗎？ | 🔊 Вы не скажете, как я могу доехать до почты? |
| | Vy ne skazhete, kak ja mogu doexatq do pochty? |

🌟 Вокзала是вокзал[vokzal]的二格形式，"火車站"的意思，同時до也表現出是走路到達，以йти為詞根的運用動詞都表示走路到達的意思，以ехать[ehatq]為詞根的動詞表示乘車到達，如果這句話改為Скажите, как туда доехать?就表示乘車到達。

| 我要走多久？ | Сколько времени мне нужно идти? |
| --- | --- |
| | Skolqko vremeni mne nuzhno idti? |
| 要多長時間我才能到？ | 🔊 Сколько времени мне надо тратить на дорогу? |
| | Skolqko vremeni mne nado tratitq na dorogu? |

| 您知道怎麼去體育館嗎？ | Скажите, как попасть на стадион? |
| --- | --- |
| | Skazhite, kak popastq na stadion? |
| 請問，怎麼去體育館？ | 🔊 Вы не скажете, как доехать до стадиона? |
| | Vy ne skazhete, kak doexatq do stadiona? |

🌟 Скажите是Сказать的第二人稱命令式形式，命令式並不是"命令"的意思，這是一種委婉的詢問方式。

| | |
|---|---|
| 如何儘快到達北京大街？ | Как быстрее всего попасть на пекинский проспект?<br>Kak bystree vsego popastq na bekinskij prospekt? |
| 您知道動物園在哪兒嗎？<br><br>您知道大劇院怎麼走嗎？ | Вы не знаете, где находится зоопарк?<br>Vy ne znaete, gde nahoditsja zoopark?<br><br>🔊 Вы не скажете, как доехать до Большого театра?<br>Vy ne skazhete, kak doehatq do Bolqshogo teatra?<br><br>💡 Вы是第二人稱複數形式，"你們"的意思，當表示單數時，是"您"的意思，表示一種尊稱，一般用於晚輩對長輩，學生對師長的稱呼，陌生人以及第一次見面的人多用"您"表示尊敬。 |
| 沿那邊走大概一公里左右。<br><br>直走兩公里左右。 | Идите по той стороне около километра.<br>Idite po toj storone okolo kilometra.<br><br>🔊 Идите прямо около километра.<br>Idite prjamo okolo kilometra.<br><br>💡 這個句子大的同義結構還有很多，在這裏再舉幾例，例如：по другой стороне沿那邊走，другой[drugoj]是形容詞"另外的"意思；в том направлении沿那方向走；в другом направлении沿那邊走。 |
| 大概4條街。<br><br>大約需要20分鐘。 | Может быть 4 улицы.<br>Mozhet bytq 4 ulicy.<br><br>🔊 около двадцати минут.<br>Okolo dvadcati minut. |
| 那聽起來夠簡單的。<br><br>聽起來，他是一個好人。 | Слышала, что это очень легко.<br>Slyshala, chto ehto ochenq legko.<br><br>🔊 Слышала, что он хороший человек.<br>Slyshala, chto on horoshij chelovek.<br><br>💡 легко是"輕鬆，容易"的意思。可以用其他的副詞代替，прямо[prjamo]直接，не сложно[slozhno]簡單，сложно是"複雜"的意思，не表示否定，коротко[korotko]簡短。 |

# 邀 請

| 你今晚有空嗎？ | Сегодня вечером ты будешь свободен?<br>Segodnja vecherom ty budeshq svobogen? |
| --- | --- |
| 你今天晚上忙嗎？ | 🔊 Вы заняты сегодня вечером?<br>Vy zanjaty segodnja vecherom?<br><br>💡 Сегодня是"今天"的意思，вечером是副詞，"晚上"的意思，這兩個詞合起來表明句子發生的時間是今天晚上。 |
| 你有空了就告訴我。 | Сообщи мне, когда будешь свободен.<br>Soobschi mne , kogda buteshq svoboden? |
| 你一會幹什麼？ | Что ты будешь делать чуть позже?<br>Chto ty budeshq delatq chutq pozzhe? |
| 你一會兒打算去哪兒？ | 🔊 Куда вы собираете поехать чуть позже?<br>Kuda vy sobiraete poexatq chutq pozzhe? |
| 你待會兒過來怎麼樣？ | Подойди чуть попозже, хорошо?<br>Podojdi chutq popozzhe, horosho ? |
| 回頭見。 | До встречи.<br>Do vstrechi. |
| 好的！（沒問題！） | Хорошо!<br>Horosho! |
| 我想請你去看一場比賽。 | Я хочу пригласить вас на соревнование.<br>Ja hochu priglasitq vas na sorevnovanie. |
| 我想請你去看電影。 | 🔊 Я хочу пригласить вас на кино.<br>Ja hochu priglasitq vas na kino. |

| 我想邀請你來喝杯咖啡。 | Я хочу пригласить вас на чашечку кофе.<br>JA hochu priglasitq vas na chashechku kofe. |
| --- | --- |
| 感謝你的邀請。 | Спасибо за ваше приглашение.<br>Spasibo za vashe priglashenie. |
| 我什麼時候能再見到你？<br><br>我們什麼時候能夠再相見？ | Когда можно бы с вами встретиться?<br>Kogda mozhno by s vami vstretitqsja?<br>🔊 Когда мы встретимся?<br>Kogda my vstretimsja?<br>※ бы是語氣詞，沒有什麼實際意義。 |
| 我希望再見你一次。 | Я хочу встретиться с вами ещё раз.<br>JA hochu vstretitqsja s vami eschjo ras. |
| 明天晚上你想幹什麼？<br><br>後天晚上你有什麼打算？ | Что ты будешь делать завтра вечером?<br>Chto ty budeshq gelatq zavtra vecherom?<br>🔊 Что вы будете делать послезавтра вечером?<br>Chto vy budete delatq poslezavtra vecherom? |
| 不知道，我還沒決定好呢。 | Не знаю, я ещё не решил.<br>Ne znaju ,ja eschjo ne reshil. |
| 尤拉跟我這個週末要去遠足，你要去嗎？<br><br>我們這週末有活動，你想去嗎？ | В конце этой недели я с Юрой иду в поход пешком. Ты хочешь с нами?<br>V konce etoj negeli ja s JUroj idu v pohod neshkom. Ty hocheshq s nami?<br>🔊 В конце этой недели мы собираемся поехать за город, вы хотите с нами поехать вместе?<br>V konce ehtoj nedeli my sobiraemsja poexatq za gorod, vy xotite s nami poexatq vmeste? |

| | |
|---|---|
| **我已經學得很累了** | Я уже устал учиться. <br> JA uzhe ustal uchitqsja. |
| 我旅途勞累。 | 🔵 Я устал от дороги. <br> JA ustal ot dorogi. |
| **他這個週末要跟我一起去遠足。** | Он будет со мной в конце этой недели путешествовать. <br> On budet so mnoj v konce etoj negeli puteshestvovatq. |
| 爸爸這個週末要跟我一起去上海。 | 🔵 Папа собирается поехать со мной в Шанхай в конце этой недели. <br> Papa sobiraetsja poexatq so mnoj v SHanxaj v konce ehtoj nedeli. |
| **他家裏將有一個聚會。** | У него дома будет вечер. <br> U nego doma budet vecher. |
| 他家裏將有一場婚禮。 | 🔵 У него дома будет свадьба. <br> U nego doma budet svadqba. |

| | 預　約 |
|---|---|
| 我想預約。<br><br>我想預訂一個房間。 | Я хочу заказать.<br>JA hochu zakazatq.<br><br>⑭ Я хочу заказать квартиру.<br>　JA hochu zakazatq kvartiru. |
| 下星期可以嗎？ | Можно ли на следующей неделе?<br>Mozhno li na sledujuschej nedele?<br><br>☆ ли在句中沒有什麼特殊意義，用於疑<br>　問句中以增加疑問語氣。 |
| 我想約個時間和你<br>見面。<br><br>我想約個時間和你唱<br>歌。 | Я хочу договориться с тобой о<br>дате встречи.<br>JA hochu dogovoritqsja s toboj o<br>date vstrechi.<br><br>⑭ Я хочу договориться с тобой о дате KTV.<br>　JA hochu dogovoritqsja s toboj o date KTV. |
| 什麼時候見面合<br>適？ | Когда встретимся?<br>Kogda vstretimsja?<br><br>☆ Когда是疑問詞，提問時間的。 |
| 你這週有空嗎？<br><br>你這週忙嗎？ | Ты свободен на этой неделе?<br>Ty svogoden na ehtoj nedele?<br><br>⑭ Вы заняты в этой неделе?<br>　Vy zanjaty v ehtoj nedele? |
| 什麼時候有空能和<br>你談一下？<br><br>什麼時候能有空和你見<br>一下？ | Когда я могу с тобой поговорить?<br>Kogda ja mogu s toboj pogovoritq?<br><br>⑭ Когда я могу с тобой встретиться?<br>　Kogda ja mogu s toboj vstretitqsja?<br>☆ Когда是疑問代詞，詢問時間。 |
| 下週四你幹什麼？<br><br>下週五你幹什麼？ | Что ты будешь делать в четверг<br>на следующей неделе?<br>Chto ty budeshq delatq v chetverg<br>na sledujuschej nedele?<br><br>⑭ Что ты будешь делать в пятницу на<br>　следующей неделе?<br>　Chto ty budeshq delatq v pjatnicu na<br>　sledujuthej nedele?<br>☆ Что是疑問詞，"什麼"的意思。 |

| 讓我們下次在談這個好嗎？ | Давай потом поговорим об этом, хорошо?<br>Davaj potom pogovorim ob ehtom, horosho? |
|---|---|
| 讓我們換一個時間討論這個話題好嗎？ | 🔊 давай в другое время поговорим об этом, хорошо?<br>Davaj v drugoe vremja pogovorim ob ehtom, horosho? |

| 我明天可以來嗎？ | Можно мне прийти завтра?<br>Mozhno mne prijti zavtra? |
|---|---|
| 我後天可以來嗎？ | 🔊 Можно мне прийти послезавтра?<br>Mozhno mne prijti poslezavtra?<br>💡 завтра是明天的意思。 |

| 下午你能否到達？ | Ты сможешь прийти после обеда?<br>Tei smozheshq prijti posle obeda? |
|---|---|

| 有什麼事我可以幫忙嗎？ | Можно ли помочь вам?<br>Mozhno li pomochq vam? |
|---|---|
| 我有什麼能幫得上你的嗎？ | 🔊 Чем я могу вам помочь?<br>Chem ja mogu vam pomochq? |

| 我想做個預約。 | Мне нужно сделать заказ.<br>Mne nuzhno sdelatq zakaz. |
|---|---|

| 好的，讓我看看醫生什麼時間有空。 | Хорошо, посмотрю, когда у врача свободное время.<br>Xorosho, posmotrju, kogda u vracha svobodnoe vremja. |
|---|---|
| 請看，我們這兒的料子很好。 | 🔊 Посмотрите, у нас материал очень хороший.<br>Posmotrite, u nas material ochenq xoroshij. |

## 辨　認

| 這是哪兒？ | Где?<br>Gde? |
|---|---|
| 這是什麼？ | 🔘 Что это?<br>CHto ehto?<br>☆ 這是一疑問副詞，"在哪裏"的意思，最常見的詢問地點的方式。 |
| 這是在哪兒？ | Где это?<br>Gde ehto? |
| 這是一家理髮店。 | Это парикмахерская.<br>EHto parikmaxerskaja. |
| 左邊就是我家。 | Слева—мой дом.<br>Sleva—moj dom. |
| 你正在看我的一件新的藝術作品。 | Ты сейчас можешь видеть моё новое произведение искусства.<br>Ty sejchas mozheshq videtq mojo novoe ploizvedenie iskusstva. |
| 這些作品是展出用的。 | 🔘 Эти произведения посвящают выставке.<br>EHti proizvedenija posvjathajut vystavke. |
| 那個穿藍色衣服的人就是我叔叔。 | Мой дядя тот, который одет в синее.<br>Moj djadja tot, kotoryj odet v sinee. |
| 那個穿白色衣服的人是我的哥哥。 | 🔘 Мой брат тот, который одет в белой одежде.<br>Moj brat tot, kotoryj odet v beloj odezhde.<br>☆ Дядя是陽性名詞，叔叔的意思。 |
| 我認為，那個穿西裝的是個警員。 | По-моему, тот, который в костюме это милиционер.<br>Po-moemu, tot, kotoryj v kostjume ehto milicioner. |

| | |
|---|---|
| 他的名字標牌上説他是一名醫生。 | В его карточке написали, что он врач.<br>V evo kartochke napisali,shto on vrach.<br>🔊 На вид, он работает врачом.<br>Na vid, on rabotaet vrachom. |
| 看起來他是一名醫生。 | |

| | |
|---|---|
| 這輛棕色車是我姐姐的。 | Эта коричневая машина принадлежит моей старшей сестре.<br>Ehta korichnevaja mashina prinadlezhit moej starshej sestre.<br>🔊 Эта синяя ручка принадлежит папе.<br>EHta sinjaja ruchka prinadlezhit pape.<br>💡 старшая是"老的，大的"的意思，因為在俄語中сестра是姐妹的意思，可表示姐姐或妹妹，加上старшая之後就可以看出是姐姐的意思，若想表示妹妹，加младшая，"小的，年輕的"。 |
| 這枝藍色的鋼筆是我爸爸的。 | |

| | |
|---|---|
| 我想，這輛紅色車是西班牙車。 | По-моему, это красная машина испанская.<br>Po-moemu, ehta krasnaja mashina ispanskaja. |

| | |
|---|---|
| 那輛車很不錯。 | Та машина неплоха.<br>Ta mashina neploha.<br>💡 Неплоха是"不錯"的意思。 |

| | |
|---|---|
| 我認為，這是隻老虎。 | По-моему, это тигр.<br>Po-moemu, ehto tigr. |

| | |
|---|---|
| 我以前見過他，他人挺好的。那個穿黑裙子的女的是誰？ | Раньше я встречался с ним.<br>Он хороший человек. кто та женщина в чёрной юбке?<br>Ranqshe ja vstrechalsja s nim. On xoroshij chelovek.kto ta zhenshina v chjornoj jubke?<br>🔊 Кто тот парень, который в галстукке?<br>Kto tot parenq, kotoryj v galstukke? |
| 那個結領帶的小夥子是誰？ | |

| | |
|---|---|
| 非常高興，你能和我一起來見我的家人。<br><br>你能和我一起來看我的媽媽，我很高興。 | Очень рада, что ты со мной вместе познакомишься с моей семьей.<br>Ochenq rada, chto ty so mnoj vmeste poznakomishqsja s moej semqej.<br><br>🔊 Я очень рад, что ты со мной вместе посещаешь маму.<br>JA ochenq rad, chto ty so mnoj vmeste posethaeshq mamu. |
| 這道菜很不錯。<br><br>這道菜味道真好。 | Это блюдо неплохое.<br>Ehto bljudo neplohoe.<br><br>🔊 Это блюдо очень вкусно.<br>EHto bljudo ochenq vkusno. |
| 你知道這是什麼嗎？ | Ты знаешь что это?<br>Ty znaeshq shto ehto? |

## 描 繪

| | |
|---|---|
| 他看起來怎樣？<br><br>他是誰？ | Как он выглядит?<br>Kak on vygljadit?<br><br>🔵 Кто он?<br>Kto on? |
| 他個子有點高，就是有點瘦。 | Он высокого роста, и немного худой.<br>On vysokogo rosta i nemnogo hudoj. |
| 他鼻子很長。 | У него длинный нос.<br>U nego dlinnyj nos. |
| 你可以幫我描述一下這個人嗎？<br><br>您可以幫我描述一下那幅畫嗎？ | Можно ли описать этого человека?<br>Mozhno li opisatq etogo cheloveka?<br><br>🔵 Вы можете описать ту картину?<br>Vy mozhete opisatq tu kartinu?<br><br>🔆 ли在句子中沒有什麼實際意義，是問句的標誌。 |
| 他有一張圓圓的臉，大大的眼睛。 | У него круглое лицо и большие глаза.<br>U nego krugloe lico i bolqshie glaza. |
| 這湯中有許多不同的蔬菜。<br><br>這本書裏有各種各樣的故事。 | В этом супе много разных овощей.<br>B ehtom supe mnogo raznyh ovoschej.<br><br>🔵 В этой книге много разных историй.<br>V ehtoj knike mnogo raznyx istorij. |
| 我在等着和我的生物課教授會面，和他討論上次的考。<br><br><br><br>我在等着我們的經理。 | Я жду моего профессора по биологии, мы должны встретиться и обсудить прошедший экзамен.<br>Ja zhdu moego professor po biologii, my dolzhny vstretitqsja i obsuditq proshedshij ehkzamen.<br><br>🔵 Я жду нашего директора.<br>JA zhdu nashego direktora. |

| | |
|---|---|
| 我有這麼多問題。<br><br>我遇到了這麼多的麻煩。 | У меня столько вопросов.<br>U menja stolqko voprosov.<br><br>🔊 У меня столько проблем.<br>U menja stolqko problem. |
| 他總是打着令人詫異的領帶。<br><br>他總是帶着讓人感到奇怪的眼鏡。 | У него часто удивительный галстук.<br>U nego chasto udivitelqnyj galstuk.<br><br>🔊 У него часто удивительные очки.<br>U nego chasto udivitelqnye ochki. |
| 這週我可能過去看看。<br><br>這週，可能會下雨。 | На этой неделе,может быть, приду посмотреть.<br>Na ehtoj nedele, mozhet bytq, pridu posmotretq.<br><br>🔊 На этой неделе, может быть, идёт дождь.<br>Na ehtoj nedele, mozhet bytq, idjot dozhdq. |
| 我完全忘了。<br><br>我全部都記得。 | Я совсем забыла.<br>Ja sovsem zabyla.<br><br>🔊 Я всё помню.<br>JA vsjo pomnju. |

# Column 1：稱謂

一、俄羅斯人姓名的組成、變格和用法。

**1、俄羅斯人姓名的組成**
俄羅斯人姓名的全稱由三部分組成：名字＋父稱＋姓，由於人的性別不同，同一父稱的姓的語法形式有所不同。是比較親兄妹的父稱和性：

Зоя Анатольевна Космодемьянская（女）
Александр Анатольевич Косаодемьянский（男）
女人出嫁以後一般都改用丈夫的姓，但是名字和父稱保留不變。

**2、俄羅斯人姓名的用法**
俄羅斯人姓名的全稱一般只用與人物介紹及各種證件中，其順序是：名＋父稱＋姓，也有將姓放在首位的情況。

晚輩對長輩，下級對上屆，學生對老師以及成年人對同輩、同級、同事中關係不慎密切的人，一般以名＋父稱相稱。這種稱呼帶有尊重的色彩。

成年人對兒童，青少年或者親密的朋友、同事以及兒童、青少年之間一般情況下用名或者是名的簡稱來稱呼。例如：
Рая, сходи в магазин.
拉婭，到商店去一趟。
Володя, ты куда положил мои книги?
瓦洛佳，你把我的書放到哪裏去了？

姓的複數形式是指一家人，同族人或者是同姓的人。例如：
Приехали Петровы.
彼特洛夫一家都來了。
Давай зайдём завтра к Ивановым.
我們明天到伊萬諾夫家去一趟吧。

*Chapter 2*

打開話匣子

## 時　間

| | |
|---|---|
| 現在一點。<br><br>現在一點正。 | Сейчас час.<br>Sychas chas.<br><br>Ровно час.<br>Rovno chas.<br><br>ровно是一個語氣詞，表示"整整"。<br><br>ровно час翻譯成"一點正"。<br><br>сейчас的意思是"現在"。 |
| 現在幾點鐘？<br><br>幾點了？ | Сколько сейчас времени?<br>Skolqko sejchas vremeni?<br><br>Который час?<br>Kotolyj chas?<br><br>который是疑問代詞，表示"幾個，哪個"。 |
| 您需要多少件毛皮大衣？ | Сколько шуб вам надо?<br>Skolqko shub vam nado?<br><br>шуба[shuba]的意思是"毛皮大衣"。 |
| 現在一點二十。<br><br>現在一點二十。 | Сейчас час двадцать.<br>Syjchas chas dvadcatq.<br><br>Двадцать минут второго.<br>Dvadcatq minut vtorogo.<br><br>минута是名詞，"分鐘"的意思。 |
| 現在一點三十分。<br><br>現在一點半。 | Сейчас час тридцать<br>Sychas chas tridcatq.<br><br>Сейчас половина второго.<br>Sejchas polovina vtorogo.<br><br>тридцать是俄語裏的數詞，"三十"的意思。 |
| 幾點開始上課？<br><br>什麼時候下課？ | В котором часу начинаются занятия?<br>V kotorom chasy nachinajutsja zanjatija?<br><br>когда кончаются занятия?<br>Kokda konchajutsja zanjatija? |

| 一點十五分。 | В час пятнадцать. |
| | V chas bjatnadcatq. |
| 一點零一刻。 | 🔘 Четверть второго. |
| | Chetvertq vtorogo. |
| | 💡 俄語中的в，是前置詞，表示 "在……"，在這裏，в接時間，表示具體在幾點。 |

| 在一點二十分。 | В час двадцать. |
| | V chas dvadcatq. |
| 一點半。 | 🔘 Полвторого. |
| | Polvtorogo. |
| | 💡 "在一點半" 還有另一種表達方法，就是в половине второго，這個短語的簡寫就是полвторого。 |

| 一點四十。 | В час сорок. |
| | V chas sorok. |
| 還差二十分鐘兩點。 | 🔘 Без двадцати два. |
| | Bes dvadcati dva. |
| | 💡 Без表示 "除了，沒有"。 |

| 沒有您的幫助，我們公司不可能會獲得這麼大的利潤。 | Без вашей помощи, наша компания не может получить такую большую прибыль. |
| | Bez vashej pomothi, nashe kompanie ne mozhet poluchitq takuju bolqshuju pribylq. |

| 您有空閒時間嗎？ | У вас есть свободное время? |
| | U vas estq svobodnoe vremja? |
| 您忙不？ | 🔘 Вы заняты? |
| | Vy zanjady? |
| | 💡 свободный表示 "自由的，自在的，閒暇的"，свободное время表示 "空閒時間"，該句子一般用於提出請求之前，表示禮貌。 |

| | |
|---|---|
| 現在幾點了？ | Сколько сейчас времени? |
| | Skolqko sejchas vremeni? |
| 我沒帶手錶。 | 🐷 Я без часов. |
| | Ja bes chasov. |
| | ☼ Я без часов，表示我沒有戴手錶，無法告知對方現在的時間。 |
| 你爸爸一般什麼時候上班？ | Во сколько ваш отец выходит на работу? |
| | Vo skolqko vash otec vyhodit na rabotu? |
| 一般是七點鐘。 | 🐷 Он обычно выходит около семи. |
| | On obychno vyhodit okolo semi. |
| 該起床了。 | Пора вставать. |
| | Pora vstavatq. |
| 馬上就起床。 | 🐷 Сейчас. |
| | Sejchas. |
| 該寫作業了。 | Пора заниматься. |
| | Pora zanimatqsja. |
| 還早着呢。 | 🐷 Ещё рано. |
| | Eschjo rano. |

## 日 期

我們真的需要準備一下明天的歷史測驗了。

Действительно нам надо готовиться к экзамену по истории на завтра.
Dejstvitelqno nam nado gotovitqsja k ehkzamenu po istorii na zavtra.

我們真的應該準備一下明天的文學考試了。

🎧 Действительно нам надо готовиться к экзамену по литературе на завтра.
Dejstvitelqno nam nado gotovitqsja k ehkzamenu po literature na zavtra.

💡 Готовиться к экзамену是指準備考試，但是一般情況下是指學生自己準備考試，復習考試。而如果想要表達老師準備考試的話，要用готовить，готовить экзамен。考試具體的哪一個科目要用前置詞по。

第一個問題：獨立宣言什麼時候發表？

Первый вопрос: когда Декларация Независимости была опубликована?
Pervyj vopros: kogda Deklaracija Nezavisimosti byla opublikovana?

那還不容易。1776年7月4日。

🗨 Это легко, четвёртого июля 1776 года.
EHto legko, chetvjortogo ijulja 1776 goda.

💡 這裏面有一個被動形動詞，動詞原形是опубликовать，是"發表，刊登"的意思。注意一下答話中的時間表達法。按照日，月，年的順序來寫。

哪一年？告訴我年份。

В каком году? Скажи мне год.
V kakom godu? Skazhi mne god.

具體是什麼時間？

🎧 Когда? Скажите подробнее.
Kogda? Skazhite podrobnee.

珍珠港什麼時候遇襲的？

Когда Пёрл-Харбор встречал рейды?
Kogda Pjorl-Xarbor vstrechal rejdy?

這次戰爭什麼時候結束的？

🎧 Когда окончилась эта война?
Kogda okonchilasq ehta vojna?

| | |
|---|---|
| 不管怎麼說，測驗中大部分題目都是關於日子的。 | Как не говори, а больше часть тем связанно с датами.<br>Kak ne govori, a bolqshe chastq tem svjazanno s datami. |
| 不管怎麼説，天氣不錯。 | Как не говори, погода очень хорошая.<br>Kak ne govori, pogoda ochenq xoroshaja. |
| 怎麼這麼説？現在發生什麼事啦？ | Почему так говорил? Что случилось?<br>Pochemu tak govoril? CHto sluchilosq? |
| 安德列，出什麼事啦？ | Андрей, что случилось?<br>Andrej, chto sluchilosq? |
| 我想你説得對，那就意味着在辦公室加班了。 | Может быть, вы правы, то это значит, работать сверхурочно в офисе.<br>Mozhet bytq, vy pravy, to ehto znachit, rabotatq sverxurochno v ofise. |
| 可能你説得對，那就是説，我們不用準備考試了。 | Может быть, вы правы, то это значит, нам не надо готовиться к экзамену.<br>Mozhet bytq, vy pravy, to ehto znachit, nam ne nado gotovitsja k ehkzamenu. |
| 我們真的要開始把事情做快一點了。 | Действительно нам надо поторопиться.<br>Dejstvitelqno nam nado potoropitqsja. |
| 我們真的要來不及啦。 | Действительно мы не успеем.<br>Dejstvitelqno my ne uspeem. |
| 是的。我希望我們按時完成。 | Да, я хочу вовремя выполнить.<br>Da, ja xochu vovremja vypolnitq. |
| 我想能的。至少我希望能。 | Я думаю, что можно. Я надеюсь, по крайней мере.<br>JA dumaju, chto mozhno. JA nadejusq, po krajnej mere. |

您要為我預訂機票嗎？

您要為我預訂火車票嗎？

Вы хотите мне заказать билет на самолёт?

Vy xotite mne zakazatq bilet na samoljot?

🔘 Вы хотите мне заказать билет на поезд?

Vy xotite mne zakazatq bilet na poezd?

---

您**20**日已經安排了一個會議。您想取消那個會議嗎？

您20號安排出行，想要取消嗎？

На двадцатое число вы уже планировали собрание, вы хотите отменить?

Na dvadcatoe chislo vy uzhe planirovali sobranie, vy xotite otmenitq?

🔘 На двадцатое число вы уже планировали поездку, вы хотите отменить?

Na dvadcatoe chislo vy uzhe planirovali poezdku, vy xotite otmenitq?

---

我們會有兩個星期的假期，對嗎？

我們有暑假，對嗎？

У нас будет отпуск на 2 недели, да?

U nas budet otpusk na 2 nedeli, da?

🔘 У нас будут летние каникулы, да?

U nas budut letnie kanikuly, da?

☼ Отпуск是"假期，休假"的意思。

# 天　氣

| | |
|---|---|
| 那夏天呢？夏天很熱吧？ | А летом? Летом, конечно, жарко?<br>A letom? Letom, konechno, zharko? |
| 那冬天呢？冬天很冷吧？ | 🔊 А зима? Зимой, конечно, холодно.<br>A zima? Zimoj, konechno, xolodno. |
| 我是南方人，我的家鄉是武漢。 | Я южанин. Моя родина—Ухань.<br>JA juzhanin. Moja rodina—Uxanq. |
| 我是北方人，我的家鄉是北京。 | 🔊 Я северянин. Моя родина—Пекин.<br>JA severjanin. Moja rodina—Pekin. |
| 比我們這裏熱多了。但是會經常下雨吧？ | Это жарче, чем у нас. Но дожди, наверное, часто бывают у вас?<br>EHto zharche, chem u nas. No dozhdi, navernoe, chasto byvajut u vas? |
| 比我們這裏冷多了，但是會經常下雪吧？ | 🔊 Это холоднее, чем у нас. Но снег, наверное, часто бывает у вас?<br>EHto xolodnee, chem u nas. No sneg, navernoe, chasto byvaet u vas? |
| | ☼ 注意一下名詞的性，中國人經常會想到 "陰雨綿綿"，所以總是誤以為 "雨" 這個俄語單詞是陰性，其實不然，дождь 是陽性名詞。 |
| 請問，你是北京人嗎？ | Скажите, вы из Пекина?<br>Skazhite, vy iz Pekina? |
| 請問，你是上海人嗎？ | 🔊 Скажите, вы из Шанхая?<br>Skazhite, vy iz SHanxaja? |
| 你喜歡北京的氣候嗎？ | Вам нравится пекинский климат?<br>Vam nravitsja pekinskij klimat? |
| 你喜歡上海的氣候嗎？ | 🔊 Вам нравится шанхайский климат?<br>Vam nravitsja shanxajskij klimat? |

| | |
|---|---|
| **什麼時候北京氣候最好？** | **А какое время года в Пекине самое лучшее?**<br>**A kakoe vremja goda v Pekine samoe luchshee?** |
| 什麼時候上海的天氣最好？ | 🎧 А какое время года в Шанхае самое лучшее?<br>A kakoe vremja goda v SHanxae samoe luchshee?<br>☀ Все的意思是"所有"，它既可以指人，又可以指物。這裏顯然是指人，省略了 люди。 |
| **請在秋天的時候到我們這裏來吧！** | **Приезжайте к нам в Пекин осенью!**<br>**Priezzhajte k nam v Pekin osenqju!** |
| 請在冬天的時候到我們這裏來吧。 | 🎧 Приезжайте к нам зимой.<br>Priezzhajte k nam zimoj.<br>☀ Спасибо 是"謝謝"的意思，經常用到片語 спасибо кому за что，意思是"因為……而感謝某人"。 |
| **柳達，你家鄉的冬天很冷嗎？** | **Люда, у тебя на родине зимой холодно?**<br>**Ljuda, u tebja na rodine zimoj xolodno?** |
| 安德列，你家鄉的夏天很熱嗎？ | 🎧 Андрей, у вас на родине летом жарко?<br>Andrej, u vas na rodine letom zharko? |
| **在我們南方從來沒有嚴寒。甚至2月份花就開了。** | **Ну, а мы у себя на юге про морозы и не слышали. У нас даже в феврале цветут цветы.**<br>**Nu, a my u sebja na juge pro morozy i ne slyshali. U nas dazhe v fevrale cvetut cvety.** |
| 在我們北方從來沒有那麼多雨水。 | 🎧 Ну, а мы у себя на севере не так много дождей.<br>Nu, a my u sebja na severe ne tak mnogo dozhdej. |
| **今天外面多溫暖啊！** | **Как сегодня тепло на улице!**<br>**Kak segodnja teplo na ulice!** |
| 昨天外面多麼冷啊！ | 🎧 Как вчера холодно на улице!<br>Kak vchera xolodno na ulice! |

陽光是多麼明媚！

天空是多麼藍啊！

А солнце какое яркое!
A solnce kakoe jarkoe!

(繁) А небо какое синее!
А nebo kakoe sinee!

---

有風嗎？

有雨嗎？

А ветер есть?
A veter estq?

(繁) А дождь еть?
A dozhdq etq?

## 興 趣

| | |
|---|---|
| 阿遼沙，看看我這張郵票！ | Алёша, посмотри, какая у меня марка!<br>Aljosha, posmotri, kakaja u menja marka! |
| 卡佳，看看我這件衣服有多漂亮。 | 🔊 Катя, посмотри, какая у меня красивая одежда!<br>Katja, posmotri, kakaja u menja krasivaja odezhda!<br>☆ Какой這個詞經常用來表示驚歎，或者是誇讚。 |
| 多麼好的天氣！ | Какая хорошая погода!<br>Kakaja xoroshaja pogoda! |
| 你現在有很多硬幣了嗎？ | А монет у тебя уже много?<br>A monet u tebja uzhe mnogo? |
| 你現在有很多電影票嗎？ | 🔊 А теперь у вас есть много билетов на кино?<br>A teperq u vas estq mnogo biletov na kino? |
| 給我看看你的收藏吧。 | Покажи мне свою новую коллекцию.<br>Pokazhi mne svoju novuju kollekciju. |
| 讓我看看你的新裙子吧。 | 🔊 Покажи мне вашу новую юбку.<br>Pokazhi mne vashu novuju jubku. |
| 米莎，我聽説你收集郵票？ | Миша, я слышал, что ты филателист?<br>Misha, ja slyshal, shto ty filatelist?. |
| 安東，我聽説你打算出國留學？ | 🔊 Антон, я слышал, что ты собираешься учиться за границей?<br>Anton, ja slyshal, chto ty sobiraeshqsja uchitqsja za granicej? |

| | |
|---|---|
| 你收集郵票很久了嗎？<br><br>你來中國很久了嗎？ | А давно ты начал их коллекционировать?<br>A davno ty nachal ix kollekcionirovatq?<br><br>🔘 А давно ты приехал в Китай?<br>A davno ty priexal v Kitaj?<br><br>💡 Давно表示"好久以前"，童話中我們經常可以看到這樣的句子，"很久很久以前……"，這個句子用俄語來說就是，давным-давно。 |
| 為什麼你收集這個題材的？<br><br>為什麼你選擇俄語呢？ | А почему ты выбрал именно эту тему?<br>A pochemu ty vybral imenno ehtu temu?<br><br>🔘 Почему ты выбрал русский язык?<br>Pochemu ty vybral russkij jazyk? |
| 我的收藏有很多種，你想看看嗎？<br><br>我有很多小説，你想看看嗎？ | В моей коллекции много видов.<br>Хочешь посмотреть?<br>V moej kollekcii mnogo vidov.<br>Xocheshq posmotretq?<br><br>🔘 У меня есть много рассказов, хочешь посмотреть?<br>U menja estq mnogo rasskazov, xocheshq posmotretq? |
| 明天電視上會播放足球賽。<br><br>明天電視上會播放籃球賽。 | Завтра по телевизору будут показывать футбольный матч.<br>Zavtra po televizoru budut pokazyvatq futbolqnyj match.<br><br>🔘 Завтра по телевизору будут показывать баскетбольный матч.<br>Zavtra po televizoru budut pokazyvatq basketbolqnyj match. |
| 你已經對足球不感興趣了？但你在足球部工作啊。<br><br>你已經對學習不感興趣了？ | Ты равнодушен к футболу? Но ты ведь занимаешься в футбольной секции.<br>Ty ravnodushen k futbolu? No ty vedq zanimaeshqsja v futbolqnoj sekcii.<br><br>🔘 Ты равнодушен к учёбе?<br>Ty ravnodushen k uchebjo?<br><br>💡 Равнодушный是一個形容詞，表示"冷淡的，冷漠的"。 |

| | |
|---|---|
| **那你現在對什麼感興趣呢？**<br><br>那現在什麼能夠讓你感興趣呢？ | **А чем же ты сейчас увлекаешься?**<br>A chem zhe ty sejchas uvlekaeshqsja?<br><br>🔵 А что может интересовать вас?<br>A chto mozhet interesovatq vas?<br><br>💡 Же是一個語氣詞，是用來強調前面的чем的。 |
| **安東帕夫洛維奇，您喜歡戲劇嗎？**<br><br>安德列，你喜歡普希金的詩歌嗎？ | **Антон Павлович, вы любите театр?**<br>Anton Pavlovich, vy ljubite teatr?<br><br>🔵 Андрей, ты любишь стихи Пушкина?<br>Andrej, ty ljubishq stixij Pushkina?<br><br>💡 俄語中的名字稍微複雜一些，需要有名字+父稱+姓，當然，這是在非常正式的場合中才用到，但是在一般情況下，為了表示對對方的尊敬，要用名字+父稱。<br><br>💡 後面的вы，是表示"您"的意思，也是為了表示尊敬。 |
| **您能否告訴我，我應該買什麼樣的俄羅斯紀念品，要知道我喜歡收集各種紀念品。**<br><br>您能否告訴我，什麼能夠讓你感興趣呢？ | **Вы не скажете, какие русские сувениры можно купить, ведь я люблю собирать разные сувениры.**<br>Vy ne skazhete, kakie russkie suveniry mozhno kupitq, vedq ja ljublju sobiratq raznye suveniry.<br><br>🔵 Вы не скажете, что может интересовать тебя?<br>Vy ne skazhete, chto mozhet interesovatq tebja?<br><br>💡 Вы не скажете，是一句禮貌用語，表示說話者在提出某個問題或者是提出某種要求之前，一種委婉的表達方法。 |

## 家 鄉

| | |
|---|---|
| 你知道今天的家庭作業嗎？ | Знаешь ли ты домашние задания на сегодня?<br>Znaeshq li ty domashnie zadanija na segodnja? |
| 你知道我們今天的任務嗎？ | ⑧ Знаешь ли ты нашу задачу на сегодня?<br>Znaeshq li ty nashu zadachu na segodnja? |

| | |
|---|---|
| 我是奧莉婭。我想問一下你是從哪裏來的？ | Меня зовут Оля. Я хочу спросить, откуда ты приехал?<br>Menja zovut Olja. JA xochu sprositq, otkuda ty priexal? |
| 薩沙，你從哪裏來？ | ⑧ Саша, откуда ты приехал?<br>Sasha, otkuda ty priexal? |
| | ⑨ Меня зовут的意思是"我被稱為……，別人叫我……"。一般在自我介紹的時候，或者是別人問的時候，說明自己的名字時用到。 |

| | |
|---|---|
| 我的曾祖父從中國來到美國。 | Мой прадедушка из Китая приехал в США.<br>Moj pradedushka iz Kitaja priexal v SSHA. |
| 我的爸爸從日本來到中國。 | ⑧ Мой папа приехал из Японии в Китай.<br>Moj papa priexal iz JAponii v Kitaj. |
| | ⑨ Дедушка的意思是"爺爺"，在這個單詞前面加上首碼пра，就是"曾祖父"的意思。 |

| | |
|---|---|
| 對不起。我的俄語不是很好。 | Извините, я плохо говорю по-русски.<br>Izvinite, ja ploxo govorju po-russki. |
| 對不起，我的西班牙語不是很好。 | ⑧ Извините, я плохо говорю по-испански.<br>Izvinite, ja ploxo govorju po-ispanski. |

| | |
|---|---|
| 是嗎？到了冬天會更冷。 | Да? А зимой ещё будет и мороз.<br>Da? A zimoj ethjo budet i moroz. |
| 夏天會更熱的。 | ⑧ Летом ещё жарче.<br>Letom ethjo zharche. |
| | ⑨ Мороз是"嚴寒"的意思。 |

| | |
|---|---|
| 我在波恩上過學。<br>我是學地質工程學的。 | Я учился в Бонне. Я занимался инженерной геологией.<br>JA uchilsja v Bonne. JA zanimalsja inzhenernoj geologiej. |
| 我在北大上過學，我是學俄語的。 | 🔊 Я учился в Пекинском университете, моя специальность—русский язык.<br>JA uchilsja v Pekinskom universitete, moja specialqnostq—russkij jazyk. |
| 我真的很喜歡這間餐廳。這是城裏最好的餐廳之一。 | Я очень люблю этот ресторан. Это один из самых хороших ресторанов в городе.<br>JA ochenq ljublju ehtot restoran. EHto odin iz samyx xoroshix restaranov v gorode. |
| 這是一間墨西哥餐廳。我原以為是古巴餐廳。 | 🔊 Это мексиканский ресторан. Раньше я думал, что кубинский.<br>EHto meksikanskij restoran. Ranqshe ja dumal, chto kubinskij. |
| | ☼ 注意一下這裏的短語，один из самых...，表示的意思是 "最好的……之一"。 |
| 這裏有什麼好吃的？ | Какие хорошие блюда здесь есть?<br>Kakie xoroshie bljuda zdesq estq? |
| 這裏有什麼特色菜？ | 🔊 У вас есть особенное блюдо?<br>U vas estq osobennoe bljudo? |
| 墨西哥餐很可口，而且不辣。 | Мексиканское блюдо очень вкусное, и не острое.<br>Meksikanskoe brjudo ochenq vkusnoe, i ne ostroe. |
| | ☼ Острый是形容詞，表示 "辣的"。注意一下есть的用法，表示 "有"，看一下下面這個短語，у меня есть чем заниматься，意思是 "我有事情可做"。這裏面的есть一般情況下不能省略。 |

# 52.mp3

| | |
|---|---|
| 是的。你什麼時候來到這個國家？ | Да. Когда ты приехал в эту страну?<br>Da. Kogda ty priexal v ehtu stranu? |
| 你什麼時候來到美國的？ | ⊕ Когда ты приехал в США?<br>Kogda ty priexal v SSHA?<br><br>☼ Приехать во что，來到某地。俄語中<br>"您" 和 "你" 的區別比較明顯，俄<br>羅斯人很注意區分。如果關係比較親<br>密，可以直接稱呼 "你"，而 "您"<br>一般情況下是用在正式場合，或者表<br>示對長輩的尊敬。 |

| | |
|---|---|
| 不用。我注意到您的口音，您是愛爾蘭人嗎？ | Не нужно. Я обратил внимание на ваш акцент, вы ирландка?<br>Ne nuzhno. JA obratil vnimanie na vash akcent, vy irlandka? |
| 我已經注意到了他的行為舉止。 | ⊕ Я обратил внимание на его поступок.<br>JA obratil vnimanie na ego postupok. |

| | |
|---|---|
| 至少您沒想過我是澳大利亞人。我老是聽人家那麼説。 | Вы не подумали, по крайней мере, что я буду австралийкой. Я всегда слушаю то, что говорят другие.<br>Vy ne podumali, po krajnej mere, chto ja budu avstralijkoj. JA vsegda slushaju to, chto govorjat drugie. |
| 我曾經有過一位澳大利亞的男朋友，所以我清楚那裏的口音。 | ⊕ У меня был друг австралиец, поэтому мне знаком их акцент.<br>U menja byl drug avstraliec, poehtomu mne znakom ih akcent. |

| | |
|---|---|
| 現在你覺得在這裏工作怎麼樣？ | Как вам работается здесь сейчас?<br>Kak vam rabotaetsja zdesq sejchas? |
| 你覺得這裏的環境怎麼樣？ | ⊕ Как вам атмосфера здесь?<br>Kak vam atmosfera zdesq? |

# 家庭

| | |
|---|---|
| 娜塔里亞尼古拉耶夫娜，請看，這是我們全家的照片。 | Наталия Николаевна, посмотрите. Вот на этой фотографии вся наша семья.<br>Natalija Nikolaevna, posmotrite. Vot na ehtoj fotografii vsja nasha semqja. |

謝爾蓋·謝爾蓋耶維奇，請看，這是我的爸爸。

🔊 Сергей Сергеевич, посмотрите, вот мой папа.

Sergej Sergeevich, posmotrite, vot moj papa.

💡 俄語中一般情況下，直接稱呼人家的名字是不禮貌的，為了表示尊敬，一般是名字+父稱，如果是非常正式的場合，需要名字+父稱+姓。

| | |
|---|---|
| 而這是你的祖父和祖母嗎？ | А это ваши дедушка и бабушка?<br>A ehto vashi dedushka i babushka? |

而這是你的妹妹？

🔊 А это ваша младшая сестра?

A ehto vasha mladshaja sestra?

| | |
|---|---|
| 而坐在你父親右邊的是誰呢？ | А кто это сидит справа от отца?<br>A kto ehto sidit sprava ot otca? |

這是我的叔叔，而左邊的是他的妻子——我的嬸嬸。

🔊 Это мой дядя, а слева—его жена, моя тётя.

EHto moj djadja, a sleva—ego zhena, moja tjotja.

💡 Дядя是"叔叔，大伯，舅舅等等"的意思。

| | |
|---|---|
| 妮娜，請給我講講你的家庭情況。 | Нина, расскажите мне о вашей семье.<br>Nina, rasskazhite mne o vashej semqe. |

卡佳，請給我講講你的同學情況。

🔊 Катя, расскажите мне о ваших одноклассниках.

Katja, rasskazhite mne o vashix odnoklassnikax.

💡 С удовольствием是答話，用來表示自己非常樂意，表示自己非常贊同對方的想法。

| 你的父母從事什麼工作？ | Кто ваши родители?<br>Kto vashi roditeli? |
|---|---|
| 你的爺爺是幹什麼的？ | 🔊 Кем работает ваш дедушка?<br>Kem rabotaet vash dedushka? |
| | ☼ 在問對方的職業的時候，可以像第一句中那樣問，也可以這樣問，кем вы работаете。Кто работает кем，意思是"誰做哪方面的工作"。 |

| 你有兄弟姐妹嗎？ | А сёстры и братья у вас есть?<br>A sjostry i bratqja u vas estq? |
|---|---|
| 你有姐姐嗎？ | 🔊 У вас есть старшая сестра?<br>U vas estq starshaja sestra? |

| 弟弟長得像你嗎？ | Брат похож на вас?<br>Brat pohozh na vas? |
|---|---|
| 你長得像你的父親嗎？ | 🔊 Ты похож на вашего отца?<br>Ty pohozh na vashego otca? |

| 你的妹妹也熱愛音樂嗎？ | Ваша сестра тоже любит музыку?<br>Vasha sestra tozhe ljubit muzyku? |
|---|---|
| 你酷愛音樂嗎？ | 🔊 Ты увлекаешься музыкой?<br>Ty uvlekaeshqsja muzykoj? |

| 你的家大嗎？ | У вас большая семья?<br>U vas bolqshaja semqja? |
|---|---|
| 你有多少位家庭成員？ | 🔊 Сколько членов в вашей семье?<br>Skolqko chlenov v vashej semqe? |

| 你的兒子多大年紀？ | А сколоко лет вашему сыну?<br>A skoloko let vashemu synu? |
|---|---|
| 你的父親多大年紀啦？ | 🔊 Сколько лет вашему отцу?<br>Skolqko let vashemu otcu? |

| | |
|---|---|
| 娜塔里亞尼古拉耶夫娜，可以給我們講講您的家庭情況嗎？ | Наталия Николаевна, вы не расскажете нам о вашей семье?<br>Natalija Nikolaevna, vy ne rasskazhete nam o vashej semqe? |
| 尼古拉‧尼古拉耶維奇，給我講講你的大學生活吧。 | 🔊 Николай Николаевич, вы не расскажете о вашей жизни университета.<br>Nikolaj Nikolaevich, vy ne rasskazhete o vashej zhizni universiteta.<br><br>💭 俄語中，在稱呼別人的時候，在正式場合，名字+父稱+姓。為了表示尊敬別人，一般用名字+父稱。如果是好朋友之間，可以直接稱呼對方的名字。 |
| 他在上學還是工作？ | Он учится или работает?<br>On uchitsja ili rabotaet? |
| 他大學畢業了嗎？ | 🔊 Он окончил университет?<br>On okonchil universitet? |
| 他說學生，在大四學習。 | Он студент, учится на четвёртом курсе.<br>On student, uchitsja na chetvjortom kurse. |

## 人 物

你覺得這個新老闆怎麼樣？

Что вы думаете о нашем новом директоре?

CHto vy dumaete o nashem novom direktore?

你覺得這個新老師怎麼樣？

🔊 Что ты думаешь о нашем новом учителе?

CHto ty dumaeshq o nashem novom uchitele?

💠 Думать о ком-чём，表示"考慮，想"。俄語中對"您"和"你"的區分比較明顯，在對陌生人講話，或者是自己的長輩，或者是在比較正式的場合時，一定要用"您"，只有在對關係親密的人說話時，才可以稱呼對方為"你"。Иметь в виду кого，意思是"指的是……"。

我想他人挺好的，而那正是他的問題所在。

По-моему он хороший человек, и в этом вся проблема.

Po-moemu on xoroshij chelovek, i v ehtom vsja problema.

他不喜歡學習，而那正是他的問題所在。

🔊 Он не любит учиться, и в этом вся проблема.

On ne ljubit uchitqsja, i v ehtom vsja problema.

💠 По-моему是插入語，表示"在我看來，按照我的想法"。注意第一句話中в的用法，這是跟проблема這個名詞的用法有關係，вот в чём вся проблема，意思是"這就是所有的問題之所在"。

他對人太和藹了。那會引起一些人偷懶的。

Он добродушен к другим, а это ведёт и тому, что некоторые отлынивают от работы.

On dobrodushen k drugim, a ehto vedjot i tomu, chto nekotorye otlynivajut ot raboty.

他對人太和藹了，而那正是他的問題所在。

🔊 Он добродушен к друким, а в этом вся проблема.

On dobrodushen k drukim, a v ehtom vsja problema.

| | |
|---|---|
| **我借了一本文學方面的書。**<br><br>我向亞歷山大借了這張CD，正要去還給他。 | Я брал книгу в области литературы.<br>JA bral knigu v oblasti literatury.<br><br>🔊 Я брала у Александра этот CD, и теперь хочу вернуть ему.<br>JA brala u Aleksandra ehtot CD, i teperq xochu vernutq emu. |
| **他有很多CD，不是嗎？**<br><br>他有很多電影票，對嗎？ | У него много CD, да?<br>U nego mnogo CD, da?<br><br>🔊 У него много билетов на кино, да?<br>U nego mnogo biletov na kino, da? |
| **當有人借了他的CD，卻將壞的還回時，他便氣得不得了。**<br><br>他生了爸爸的氣，因為爸爸總是批評他。這是不對的。 | Когда кто-то берёт у него CD и возвращает его повреждённым, он очень сердится.<br>Kogda kto-to berjot u nego CD vozvrathaet ego povrezhdjonnym, on ochenq serditsja.<br><br>🔊 Он сердился на папу, потому что папа часто ругал его. Это не правильно.<br>On serdilsja na papu, potomu chto papa chasto rugal ego. EHto ne pravilqno.<br><br>☆ Правильный是形容詞，"正確的"的意思，правильно是副詞，意思是"正確地，合理地"。 |
| **我該走了。**<br><br>我該把這本書拿走了。 | Мне надо уйти.<br>Mne nado ujti.<br><br>🔊 Мне надо взять эту книгу.<br>Mne nado vzjatq ehtu knigu. |
| **星期五晚上你去參加聚會了嗎？**<br><br>下個星期五晚上有晚會，你想參加嗎？ | Ты была на встрече в пятницу вечером?<br>Ty byla na vstreche v pjatnicu vecherom?<br><br>🔊 В пятницу следующей недели бывает вечер, ты хочешь участвовать?<br>V pjatnicu sledujuthej nedeli byvaet vecher, ty xocheshq uchastvovatq? |

| | |
|---|---|
| 在那裏尤拉跟一個我不認識的女孩在一起。她是誰？ | Там был Юра с незнакомой девушкой. Кто она?<br>Tam byl JUra s neznakomoj devushkoj. Kto ona? |
| 我不認識那個女孩兒。 | 🔊 Я не знал о той девушке.<br>JA ne znal o toj devushke. |

| | |
|---|---|
| 我想大概一個月吧。她挺適合他的。 | По-моему около месяца. Она подходит ему.<br>Po-moemu okolo mesjaca. Ona podxodit emu. |
| 這件衣服很適合我。 | 🔊 Эта одежда мне очень идёт.<br>EHta odezhda mne ochenq idjot. |

| | |
|---|---|
| 噢，她人很好。她跟尤拉是完全不同的兩個人。 | О, у неё хороший характер. Они с Юрой совсем разные.<br>O, u nejo xoroshij xarakter. Oni s JUroj sovsem raznye. |
| 她是一個非常善良的人。 | 🔊 Он очень добрый человек.<br>On ochenq dobryj chelovek. |
| | 💡 У кого的意思是"某人擁有……東西"，或是表示"在某人那裏有……"，誰在某人那裏等等。 |

| | |
|---|---|
| 他倆晚飯後就會過來看電視。 | После обеда, они придут смотреть телевизор.<br>Posle obeda, oni pridut smotretq televizor. |
| 他吃過早飯後就會給你打電話。 | 🔊 После завтрака, он звонит тебе.<br>Posle zavtraka, on zvonit tebe. |

# 物 品

---

米沙，我最近一直忙着考試。

我一直在忙着搬家的事情。

Миша, я всё время хлопочу о экзамене.
Misha, ja vsjo vremja xlopochu o ehkzamene.

🔊 Я всё время хлопочу о переезде.

JA vsjo vremja xlopochu o pereezde.

💧 俄語裏面的稱呼一般是由名字+父稱+姓，只有在關係比較親密的人之間才可以直接稱呼其名字。

💧 Всё время的意思是「一直，經常」。在用到這個句型時，選擇動詞時要注意，要用未完成體動詞，未完成體動詞可以表示經常，反復發生的事情，而完成體不可以。

---

挺棒的。也許你遲些時候該舉行新居酒宴。

可能，你應該舉行一個小型晚會。

Как хорошо. Может быть позже устроите новоселье.
Kak xorosho. Mozhet bytq pozzhe ustroite novoselqe.

🔊 Может быть, тебе надо устроить маленький вечер.

Mozhet bytq, tebe nado ustroitq malenkij vecher.

---

我明白。地毯是會很難洗的。

我知道，俄語是很難學的。

Понимаю. Ковёр трудно омыть.
Ponimaju. Kovjor trudno omytq.

🔊 Я знаю, что русский язык очень трудно изучать.

JA znaju, chto russkij jazyk ochenq trudno izuchatq.

---

我想我會去的。遲些見。

我一定會去的，祝你一切順利。

Объязательно приду. До встречи.
Obqjazataelqno pridu. Do vstrechi.

🔊 Я обязательно приду,. Всего доброго.

JA objazatelqno pridu,. Vsego dobrogo.

💧 這裏面的до встречи是很常用的短語，一般情況下是在道別的時候用，意思是「再見，一會兒見，到時候見」。

---

| 哇！你今天早上看到那場雨了嗎？ | Видела, какой утром дождь был?<br>Videla, kakoj utrom dozhdq byl? |
|---|---|
| 多麼漂亮的姑娘啊！ | 🔊 Какая красивая девушка!<br>Kakaja krasivaja devushka! |

| 那是因為我姐姐聖誕節送給我的這件夾克。 | Это благодаря куртке, которую моя сестра подарила на рождество.<br>EHto blagodarja kurtke, kotoruju moja sestra podarila na rozhdestvo. |
|---|---|
| 爸爸在我生日的時候送我一隻藍色鋼筆。 | 🔊 Папа подарил мне синюю ручку на день рождения.<br>Papa podaril mne sinjuju ruchku na denq rozhdenija. |

| 那真好。等到冬天的時候還會夠暖嗎？ | Как хорошо. Зимой в ней тоже будет тепло?<br>Kak xorosho. Zimoj v nej tozhe budet teplo? |
|---|---|
| 太好了，等到夏天的時候會涼爽嗎？ | 🔊 Отлично, летом в ней тоже будет прохладно?<br>Otlichno, letom v nej tozhe budet proxladno? |
| | ☼ Как хорошо 一般表示 "稱讚"。 |

| 不要穿那麼髒的靴子進來。 | Не входите в таких грязных сапогах.<br>Ne vxodite v takix grjaznyx sapogax. |
|---|---|
| 穿得漂亮一些。 | 🔊 Входите красивее.<br>Vxodite krasivee. |

| 你穿那雙靴子究竟有多久了？ | Сколько времени ты уже ходишь в этих сапогах?<br>Skolqko vremeni ty uzhe xodishq v ehtix sapogax? |
|---|---|
| 這塊手錶你究竟戴了多少年了？ | 🔊 Сколько времени ты уже ходишь в этих часах?<br>Skolqko vremeni ty uzhe xodishq v ehtix chasax? |

你不想買一雙新的嗎？

你不想出國留學嗎？

Ты не хочешь купить новые?
Ty ne xocheshq kupitq novye?

🔊 Ты не хочешь учиться за границей?
Ty ne xocheshq uchitqsja za granicej?

💡 俄語中對於"您"和"你"的區別比較敏感，句子中出現了ты，就説明兩個人之間的關係比較親密，如果用вы表示的話，表示對對方表示尊敬。

---

這真是一間不錯的中餐廳。

這家俄式餐廳很漂亮。

Это действительно неплохой китайский ресторан.
EHto dejstvitelqno neploxoj kitajskij restoran.

🔊 Это русский ресторан очень красивый.
EHto russkij restoran ochenq krasivyj.

💡 Китайский是形容詞，表示"中國的，中式的"。

---

亞洲大多數地方都用筷子，在很多國家人們只是用手而已。

歐洲人喜歡用刀叉。

В большинстве стран Азии пользуются палочками, а люди многих стран едят только руками.
V bolqshinstve stran Azii polqzujutsja palochkami, a ljudi mnogix stran edjat tolqko rukami.

🔊 Европейские люди любят пользоваться ножами и вилками.
Evropejskie ljudi ljubjat polqzovatqsja nozhami i vilkami.

## 學　習

你的生物課上得怎麼樣？

你們生物科的作業多嗎？

Как у тебя биология?
Kak u tebja biologija?

🔊 У вас есть много заданий биологии?
U vas estq mnogo zadanij biologii?

💡 Как у кого是一個很常用的句型，表示
"某人如何如何"。

---

你認為水母有趣嗎？

你覺得這本小說有意思嗎？

Ты считаешь, что медуза интересная?
Ty schitaeshq, chto meduza interesnaja?

🔊 Ты считаешь, что этот рассказ интересный?
Ty chsitaeshq, chto ehtot rasskaz interesnyj?

---

我得回去學習。

我得離開了。

Мне надо идти на занятия.
Mne nado idti na zanjatija.

🔊 Мне пора уйти.
Mne pora ujti.

---

睡得很少，不超過4個小時。

我每天只睡5個小時覺。

Спала, но мало. Не больше 4 часов.
Spala, no malo. Ne bolqshe 4 chasov.

🔊 Я сплю только 5 часов каждый день.
JA splju tolqko 5 chasov kazhdyj denq.

---

你需要我幫忙嗎？

我有什麼能幫得上的嗎？

Тебе нужно помогать или нет?
Tebe nuzhno pomogatq ili net?

🔊 Чем я могу вам помочь?
CHem ja mogu vam pomochq?

---

它們有趣嗎？我能看一看嗎？

薩沙，我有一件很有趣的事情跟你說。

Они интересные? Можно посмотреть?
Oni interesnye? Mozhno posmotretq?

🔊 Саша, я скажу вам о интересной истории.
Sasha, ja skazhu vam o interesnoj istorii.

我留意到你總是買新書。

我發現，你特別愛看電影。

Я заметила, что ты часто покупаешь новые книги.

JA zametila, chto ty chasto pokupaeshq novye knigi.

🔊 Я заметил, что ты очень любишь смотреть кино.

JA zametil, chto ty ochenq ljubishq smotretq kino.

---

是真的，但現在我還能應付得了。

放心吧，我能跟得上。

Да, это правда. Сейчас едва успеваю.

Da, ehto pravda. Sejcḩas edva uspevaju.

🔊 Не переживайте, я могу успевать.

Ne perezhivajte, ja mogu uspevatq.

---

你沒來上課。你到哪兒去了？

難道你又蹺課啦？

Сегодня ты был не на уроке, куда ты ходил?

Segodnja ty byl ne na uroke, kuda ty xodil?

🔊 Разве ты опять прогулял урок?

Razve ty opjatq proguljal urok?

---

我是曠了4節化學課。

這跟我說的有什麼關係？

Я пропустил 4 урока по химии.

JA propustil 4 uroka po ximii.

🔊 И какое отношение ты имеешь тому что я сказал?

I kakoe otnoshenie ty imeeshq tomu chto ja skazal?

---

你好，忙嗎？

你現在有時間嗎？

Привет, ты занята?

Privet, ty zanjata?

🔊 Ты свободен?

Ty svoboden?

---

我在考慮英國的工業革命。

我考慮中國的文化大革命。

Я думаю об английской промышленной революции.

JA dumaju ob anglijskoj promyshlennoj revoljucii.

🔊 Я думаю о китайской литературной революции.

JA dumaju o kitajskoj literaturnoj revoljucii.

# 將來

| | |
|---|---|
| 我想今年要存些錢了。 | Я думаю, что в этом году нам надо скопить немного денег.<br>JA dumaju, chto v ehtom godu nam nado skopitq nemnogo deneg. |
| 今年我要好好學習。 | 🔊 В этом году я хочу учиться старательно.<br>V ehtom godu ja xochu uchitqsja staratelqno. |
| 我想我們應該好好度個假。 | Я думаю, что нам надо хорошо провести отпуск.<br>JA dumaju, chto nam nado xorosho provesti otpusk. |
| 暑假你打算怎麼過? | 🔊 Как ты хочешь провести летние каникулы?<br>Kak ty xocheshq provesti letnie kanikuly? |
| 他剛從美國回來。 | Он только что вернулся из США.<br>On tolqko chto vernulsja iz SSHA. |
| 他剛從中國回來。 | 🔊 Он только что вернулся из Китая.<br>On tolqko chto vernulsja iz Kitaja. |
| 我發現,你經常不吃早飯就開始看書。 | Я заметил, что ты всегда начинаешь читать книку без завтрака.<br>JA zametil, chto ty vsegda nachinaeshq chitatq kniku bez zavtraka. |
| 我一直都想去阿爾卑斯。也許去釣魚和登山。 | 🔊 Я всегда хочу в Альпы. Может быть, взобраться в горы, половить рыбу.<br>JA vsegda xochu v Alqpy. Mozhet bytq, vzobratqsja v gory, polovitq rybu. |
| 你報名參加什麼語言課程? | На какой языковой курс ты будешь записываться?<br>Na kakoj jazykovoj kurs ty budeshq zapisyvatqsja? |
| 你想參加什麼會所? | 🔊 На каком клубе вы хотите участвовать?<br>Na kakom klube vy xotite uchastvovatq? |
| | ☼ Записываться на что意思是"報名,登記"。 |

| 西班牙語在這個國家變得很普遍了。 | Испанский язык очень распространён в этой стране.<br>Ispanskij jazyk ochenq rasprostranjon v ehtoj strane. |
| 今年伏特加在中國很流行。 | В этому году водка очень распространена в Китае.<br>V ehtomu godu vodka ochenq rasprostranena v Kitae. |
| 我？我打算學日語。 | Я? Я собираюсь изучать японский язык.<br>JA? JA sobirajusq izuchatq japonskij jazyk. |
| 我打算學俄語。 | Я собираю учить русский язык.<br>JA sobiraju uchitq russkij jazyk. |
| 這個星期後面幾天你有什麼打算？ | Какие у тебя планы на последние дни этой недели?<br>Kakie u tebja plany na poslednie dni ehtoj nedeli? |
| 明天你有什麼打算？ | Какие планы у тебя на завтра?<br>Kakie plany u tebja na zavtra? |
| 我聽説博物館裏有一些羅丹的作品。我打算寫關於他的東西。 | Говорят, что в этом музее есть произведения ЛоДани. Я собираюсь написать о его творчестве.<br>Govorjat, chto v ehtom muzee estq proizvedenija LoDani. JA sobirajusq napisatq o ego tvorchestve. |
| 據説，安東是一個好人。 | Говорят, что Антон хороший человек.<br>Govorjat, chto Anton xoroshij chelovek.<br>☆ Говорят是插入語，表示"據説，聽説，人們都説"。 |
| 我看過那個雕塑。那將會是一個有趣的寫作題材。 | Я видел ту скульптуру. Это будет хорошая тема.<br>JA videl tu skulqpturu. EHto budet xoroshaja tema. |
| 我看過那部長篇小説，很有意思。 | Я прочитал тот роман, очень интересно.<br>JA prochital tot roman, ochenq interesno. |

| | |
|---|---|
| **時間在流逝。** | **Время идёт.**<br>**Vremja idjot.** |
| 我知道。時間過得真快。 | 🔊 Да, время быстро летит.<br>Da, vremja bystro letit.<br><br>☼ Лететь這個詞本身的意思是"飛行"。這裏用時間做主語,是一種很形象的表達手法,表示"歲月飛逝"。 |
| **你還計劃上醫學院嗎?** | **Ты ещё собираешься пойти в медицинский институт?**<br>**Ty ethjo sobiraeshqsja pojti v medicinskij institut?** |
| 你還打算出國嗎? | 🔊 Ты ещё собираешься учиться за границей?<br>Ty ethjo sobiraeshqsja uchitqsja za granicej?<br><br>☼ Собираться是"打算"的意思。 |

# Column 2：數字

俄語中的數字比較複雜，究其原因是因為好多數詞本身在有些時候需要變格，有些數詞要求後面的名詞變格。下面來看一些例子。

俄語中的"零"，用ноль來表示，是陽性名詞。

俄語中的"一"，是用один來表示，один在接名詞的時候有性和數的變化，比如後面所接的名詞是陰性名詞，那麼один就要變成相應的陰性形式，比如，одна книга，意思是"一本書"，書是陰性名詞。如果後面是陽性名詞，比如один человек，"一個人"。如果後面是中性名詞，比如одно окно。如果後面是複數名詞，就要用одни，比如одни дети，"一群孩子"。

俄語中的"二"，用два, две來表示。當這個數詞後面的名詞是陽性或者是中性的時候，用два來修飾，如果後面的名詞是陰性名詞，就用две來修飾。比如，два человека, два окна, две книги。

注意一點，俄語中的"三"，用три來表示，俄語中的"四"，用четыре來表示，有一個規律就是，所有名詞，如果修飾它的名詞是2,3,4，那麼這個名詞都要變成單數第二格形式。從5，包括5在內，一直到後面所有的數詞，在接名詞的時候都要用複數第二格形式，除了21,22,23,24之外，以及31,32,33,34之外，意思是說，像21這樣的數詞，後面接名詞第一格。22這樣的數詞，後面依然接單數第二格形式。

*Chapter 3*

表情達意

## 是 否 同 意

你在説什麼？政府剛投入了**400萬美元**到教育上。

你在説什麼？政府在教育上花了很多精力呀。

Что ты? Только что правительство вложило 4 млн. долларов в образование.
CHto ty? Tolqko chto pravitelqstvo vlozhilo 4 mln. dollarov v obrazovanie.

🔊 Что ты? Правительство тратил много энергий на образование.
CHto ty? Pravitelqstvo tratil mnogo energij na obrazovanie.

我一點也不同意你的説法。難道你認為學校不需要資金？

他同意我的看法。

Я совсем с вами не согласен. Разве вы считаете, что школы могут работать без средств?
JA sovsem s vami ne soglasen. Razve vy schitaete, chto shkoly mogut rabotatq bez sredstv?

🔊 Он согласен со мной.
On soglasen so mnoj.

那筆錢是用來給課室裝設電腦的。

我們的校長將會把很多錢花在學生身上。

Эти деньги пойдут на установку компьютеров в классах.
EHti denqgi pojdut na ustanovku kompqjuterov v klassax.

🔊 Наш директор будет тратить много денег на школьников.
Nash direktor budet tratitq mnogo deneg na shkolqnikov.

那是**20年**前的事了。當今的世界依賴電腦。

一切都已經過去了。

Это было двадцать лет тому назад. В сегодняшнем мире все опирается на компьютерные технологии.
EHto bylo dvadcatq let tomu nazad. V segodnjashnem mire vse opiraetsja na kompqjuternye texnologii.

🔊 Всё ушло в прошлое.
Vsjo ushlo v proshloe.

那些家裏沒有電腦的貧困學生怎麼辦？

А что делать тем бедным ребятам, у которых нет дома компьютера?

A chto delatq tem bednym rebjatam, u kotoryx net doma kompqjutera?

家裏面沒有那麼多圖書的貧困學生怎麼辦？

А что делать тем бедным ребятам у которых нет дома книг?

A chto delatq tem bednym rebjatam u kotoryx net doma knig?

---

我認為我們應該去墨西哥度假。

По-моему, нам надо уехать в отпуск в Мексику.

Po-moemu, nam nado uexatq v otpusk v Meksiku.

我不同意去俄羅斯度假。

Я не согласна с тем, что мы уедем отпуск в Россию.

JA ne soglasna s tem, chto my uedem otpusk v Rossiju.

По-моему的意思是"按照我的意思，在我看來"，屬於插入語。

---

對我來說那太冷了。

Это для меня слишком холодно.

EHto dlja menja slishkom xolodno.

墨西哥對我來說太熱了。

А в Мексике для меня жарко.

A v Meksike dlja menja zharko.

---

我打算吃墨西哥菜。

Я собираюсь кушать блюдо Мексики.

JA sobirajusq kushatq bljudo Meksiki.

我一點也不喜歡墨西哥菜。

Я совсем не люблю мексиканскую кухню.

JA sovsem ne ljublju meksikanskuju kuxnju.

Собираться的意思是"打算，計畫做……"。

---

那太辣，又不利健康。

Очень остро и вредно для здоровья.

Ochenq ostro i vredno dlja zdorovqja.

這道菜對健康不利。

Это блюдо вредно для здоровья.

EHto bljudo vredno dlja zdorovqja.

Вредный是形容詞，表示"有害的，對身體不利的"。經常用作副詞，вредно，在這裏用到前置詞для，意思是"對……不利"。

---

你想看球賽嗎？

Ты хочешь посмотреть соревнование по бейсболу?
Ty xocheshq posmotretq sorevnovanie po bejsbolu?

我寧願看球賽。

🔊 Я предпочитаю посмотреть соревнование по бейсболу.
JA predpochitaju posmotretq sorevnovanie po bejsbolu.

最糟糕的是我們根本不需要這個體育館。

Самое плохое, что нам не нужен этот стадион.
Samoe ploxoe, chto nam ne nuzhen ehtot stadion.

最糟糕的是我們沒有時間了。

🔊 Самое плохое, что у нас нет времени.
Samoe ploxoe, chto u nas net vremeni.

## 是 否 肯 定

| | |
|---|---|
| 你聽説彼德的事了嗎？<br><br>聽説卡蒂的事兒了嗎？ | Слышно что-нибудь о Пете?<br>Slyshno chto-nibudq o Pete?<br><br>🔘 Слышно что-нибудь о Кате?<br>Slyshno chto-nibudq o Kate? |
| 我原以為只是普通流感罷了。<br><br><br>我原以為只是普通的作品而已。 | Думал, что это только обычная простуда.<br>Dumal, chto ehto tolqko obychnaja prostuda.<br><br>🔘 Думал, что это только обычное произведение.<br>Dumal, chto ehto tolqko obychnoe proizvedenie. |
| 你怎麼認為呢？我們在哪兒？<br><br>那你怎麼看呢？ | Как ты думаешь, где мы?<br>Kak ty dumaeshq, gde my?<br><br>🔘 А как по вашему?<br>A kak po vashemu? |
| 你是對的。我們一定是在向東走了。<br><br>而且我們已經向東走了好一會兒了。 | Ты права, мы едем на восток.<br>Ty prava, my edem na vostok.<br><br>🔘 И мы едем уже несколько минут на восток.<br>I my edem uzhe neskolqko minut na vostok.<br><br>💡 Правый是形容詞，意思是＂正確地的＂。 |
| 到了這個時候，還能問誰呢？<br><br>到了這個時候，我們該怎麼辦呢？ | В это время, у кого спросишь?<br>V ehto vremja, u kogo sprosishq?<br><br>🔘 В это время, как мы делаем?<br>V ehto vremja, kak my delaem?<br><br>💡 Узнать的意思是＂瞭解，知曉＂。如果想表達自己不是主動得知的消息，這樣説，узнать о чём，如果想要表達主動瞭解的消息，要用узнать у кого，表示＂在……那裏得知……＂。 |
| 我要到我叔叔家裏做客。<br><br>我要到安德列先生的辦公室裏去。 | Я приду к дяде в гости.<br>JA pridu k djade v gosti.<br><br>🔘 Я направляюсь в офис господина Андрея.<br>JA napravljajusq v ofis gospodina Andreja. |

| | |
|---|---|
| 我想我30分鐘之前見到他離開了學校。 | Потому что, полчаса назад, я видела, как он ушёл из школы. Potomu chto, polchasa nazad, ja videla, kak on ushjol iz shkoly. |
| 我半年前大學畢業。 | 🎧 Я окончил униуерситет 6 месяцев назад. JA okonchil uniuersitet 6 mesjacev nazad. |
| 你不能明天再交嗎？ | Ты не можешq отложитq до завтра? Ty ne mozheshq otlozhitq do zavtra? |
| 你不能明天再來嗎？ | 🎧 Ты не можешq прийти сюда до завтра? Ty ne mozheshq prijti sjuda do zavtra? |
| 你看了今天的報紙了嗎？花園謀殺案開審了。 | Ты читал сегодняшнюю газету? Начинается судебное дело об убийстве в саду. Ty chital segodnjashnjuju gazetu? Nachinaetsja sudebnoe delo ob ubijstve v sadu. |
| 你今天看電視了嗎？ | 🎧 Ты смотрел телевизор сегодня? Ty smotrel televizor segodnja? |
| 他向警方認罪了。 | Он признался в милиции. On priznalsja v milicii |
| 他說他是被迫認罪的。 | 🔗 Он сказал, что они его заставили признаться. On skazal, chto oni ego zastavili priznatqsja. |
| 我相信你。 | Я верю тебе. JA verju tebe. |
| 我不相信他。 | 🔁 Я не верю ему. JA ne verju emu. |
| 親愛的，你打電話給水管工了嗎？ | Дорогой, ты звонил водопроводчику? Dorogoj, ty zvonil vodoprovodchiku? |
| 親愛的，你給老師打電話了嗎？ | 🎧 Дорогая , ты позвонила нашему преподавателю? Dorogaja , ty pozvonila nashemu prepodavatelju? |

## 是 否 喜 歡

我很餓，但我不想
動手做飯。

我很飽了，不想再吃
了。

Я очень проголодался, но я не
хочу готовить.
JA ochenq progolodalsja, no ja ne
xochu gotovitq.

🔘 Я очень сыт, я не хочу съесть больше.
JA ochenq syt, ja ne xochu sqhestq bolqshe.

我不怎麼喜歡。太
辣了。

我很喜歡俄式大餐，味
道美極了。

А я не очень люблю. Слишком
остро.
A ja ne ochenq ljublju. Slishkom
ostro.

🔘 Я очень люблю русское блюдо, очень
вкусно.
JA ochenq ljublju russkoe bljudo, ochenq
vkusno.

我的爸爸可以弄到
這些門票。

我的朋友可以弄到這些
門票。

Мой папа может достать эти
билеты.
Moj papa mozhet dostatq ehti bilety.

🔘 Мой друг может достать эти билеты.
Moj drug mozhet dostatq ehti bilety.

那枝鋼筆真好看。

那件衣服真漂亮。

Та ручка очень красивая.
Ta ruchka ochenq krasivaja.

🔘 Та одежда очень красивая.
Ta odezhda ochenq krasivaja.

是的，那個來自喀
山的傢伙。

那個來自中國的人很
好。

Да, он приехал из Казани.
Da, on priexal iz Kazani.

🔘 Человек, который приехал из Китая,
очень добрый.
CHelovek, kotoryj priexal iz Kitaja, ochenq
dobryj.

我們今晚不要邀請
他。

我今年不打算出國了。

Не будем приглашать его сегодня
вечером.
Ne budem priglashatq ego
segodnja vecherom.

🔘 Я не буду учиться за границей в эту году.
JA ne budu uchitqsja za granicej v ehtomu godu.

| | |
|---|---|
| 他並不覺得他的工作有趣。 | Он не считает свою работу интересной.<br>On ne schitaet svoju rabotu interesnoj. |
| 他並不認為卡佳是一個好姑娘。 | 🔊 Он не считает, что Катя хорошая девушка.<br>On ne schitaet, chto Katja xoroshaja devushka. |
| 噢，看那頭小狗！ | О, смотри на ту собаку.<br>O, smotri na tu sobaku. |
| 看，這件衣服多漂亮。 | 🔊 Смотрите, какая красивая одежда.<br>Smotrite, kakaja krasivaja odezhda. |
| 我有一個愛好，那就是喜歡狗。 | У меня хобби, я очень люблю собаку.<br>U menja xobbi, ja ochenq ljublju sobaku. |
| 真可惜。我很喜歡狗。 | 🔊 Очень жаль. Я очень люблю собак.<br>Ochenq zhalq. JA ochenq ljublju sobak. |
| 他是怎麼得到的？ | Как он получит?<br>Kak on poluchit? |
| 他是從哪兒知道的？ | 🔊 Откуда он узнал?<br>Otkuda on uznal?<br><br>💡 Как有很多意思，在這裏是用作副詞用，表示"怎麼"。可以這樣用，как у вас здоровье? 意思是"您的身體怎麼樣"。 |
| 傳家寶嗎？ | Семейная реликвия?<br>Semejnaja relikvija? |
| 這就是你的傳家寶了嗎？ | 🔊 Это ваша семейная реликвия?<br>EHto vasha semej naja relikvija? |
| 你覺得那個新人怎樣？ | По-твоему, какой этот новый человек?<br>Po-tvoemu, kakoj ehtot novyj chelovek? |
| 你怎麼看？ | 🔊 Как по-вашему?<br>Kak po-vashemu?<br><br>💡 По-твоему的意思是"按照你的意思"，是插入語。 |

## 是 否 信 任

你多大才不相信聖誕老人的？

Сколько лет было тебе, когда ты перестал верить в деда-мороза?
Skolqko let bylo tebe, kogda ty perestal veritq v deda-moroza?

你什麼時候停止學俄語的呢？

🔊 Когда ты перестал учить русский язык?
Kogda ty perestal uchitq russkij jazyk?

當我爸爸告訴我聖誕老人是真的時候，我並不相信他。

Я не поверил, когда мой папа сказал мне, что дед-мороз настоящий.
JA ne poveril, kogda moj papa skazal mne, chto ded-moroz nastojathij.

媽媽曾經跟我說過，她其實不喜歡看電影。

🔊 Мама сказала мне, что она совсем не любит кино.
Mama skazala mne, chto ona sovsem ne ljubit kino.

你認為誰會贏得參議員選舉？

Как ты считаешь, кто выиграет выборы и станет депутатом?
Kak ty schitaeshq, kto vyigraet vybory i stanet deputatom?

我認為伊萬·伊萬諾維奇會贏。我希望如此。

🗨 По-моему Иван Иванович выиграет. Я надеюсь на это.
Po-moemu Ivan Ivanovich vyigraet. JA nadejusq na ehto.

他說那話只是為了贏得競選罷了。

Он сказал что-то, только для того чтобы выиграть выборы.
On skazal chto-to, tolqko dlja togo chtoby vyigratq vybory.

小男孩兒這樣說，是為了讓媽媽開心。

🔊 Этот мальчик так сказал, только для того чтобы у мамы было хорошее настроение.
EHtot malqchik tak skazal, tolqko dlja togo chtoby u mamy bylo xoroshee nastroenie.

💡 Для того чтобы...是一個很典型的句式，表示"為了……"。

媽媽，我出去玩了。

Мама, я пойду играть.
Mama, ja pojdu igratq.

爸爸，我去安東家做客啦。

🔊 Папа, я приду к Антоне в гости.
Papa, ja pridu k Antone v gosti.

讓我看看你的作業。

Покажи мне твоё домашнее задание.

Pokazhi mne tvojo domashnee zadanie.

給我看看這件衣服。

🔊 Покажите мне эту одежду.

Pokazhite mne ehtu odezhdu.

---

因為你從來都沒有讓我相信你。好，現在把你的作業拿給我看。

Потому что ты не всегда честен со мной. Ладно, покажи мне твоё домашнее задание.

Potomu chto ty ne vsegda chesten so mnoj. Ladno, pokazhi mne tvojo domashnee zadanie.

我還沒有寫完家庭作業呢。

🔊 Я ещё не выполнил домашнее задание.

JA ethjo ne vypolnil domashnee zadanie.

---

嘿，猜猜，我有什麼新消息？

Эй, угадай, какая у меня новость?

EHj, ugadaj, kakaja u menja novostq?

多麼漂亮的手錶呀！

🔊 Какие красивые часы!

Kakie krasivye chasy!

---

我被任命為經理了。

Меня назначили директором.

Menja naznachili direktorom.

媽媽想任命我為經理。

🔊 Мама хочет назначить меня директором.

Mama xochet naznachitq menja direktorom.

---

或許今年我們可以去墨西哥度假了。

Может быть, в этом году мы сможем поехать в отпуск в Мексику.

Mozhet bytq, v ehtom godu my smozhem poexatq v otpusk v Meksiku.

或許明年我們可以去俄羅斯度假啦。

🔊 может быть, в будущем году мы можем поехать в отпуск в Россию.

Mozhet bytq, v buduthem godu my mozhem poexatq v otpusk v Rossiju.

---

認識你我很高興。

Я очень рад познакомится с вами.

JA ochenq rad poznakomitsja s vami.

我真為你感到高興。

🔊 Как я за тебя рада.

Kak ja za tebja rada.

## 表 達 意 見

| | |
|---|---|
| 我討厭經這條路駕車上班。 | Мне надоело водить машину на работу по этой дороге.<br>Mne nadoelo voditq mashinu na rabotu po ehtoj doroge. |
| 我討厭上班遲到。 | 🔊 Мне надоело опоздать на работу.<br>Mne nadoelo opozdatq na rabotu. |
| 你怎能留意不到呢？ | Как ты не мог заметить?<br>Kak ty ne mog zametitq? |
| 我注意到，俄語對我來說很難。 | 📣 Я заметил, что для меня русский язык очень трудно изучать.<br>JA zametil, chto dlja menja russkij jazyk ochenq trudno izuchatq. |
| 我需要很長時間來適應新環境。 | Мне надо долгое время привыкнуть к новой атмосфере.<br>Mne nado dolgoe vremja privyknutq k novoj atmosfere. |
| 當然會，但那只會持續很短的時間而已。 | 📣 Конечно. Но это продолжается очень короткое время.<br>Konechno. No ehto prodolzhaetsja ochenq korotkoe vremja. |
| 不，我不會的。這太糟糕了，我的車會被弄壞的。 | Нет, не буду. Это очень плохо, моя машина сломается.<br>Net, ne budu. EHto ochenq ploxo, moja mashina slomaetsja. |
| 這部車已經壞掉好多年了。 | 📣 Эта машина уже сломалась много лет.<br>EHta mashina uzhe slomalasq mnogo let. |
| 我學得很累了，我要回家了。 | Я устал учиться, пойду домой.<br>JA ustal uchitqsja, pojdu domoj. |
| 我路上累壞了。 | 🔊 Я устал от дороги.<br>JA ustal ot dorogi. |
| 你怎麼會那樣説呢？你在講什麼？ | Почему ты так сказала? Что ты сейчас сказала?<br>Pochemu ty tak skazala? CHto ty sejchas skazala? |
| 他説什麼了？ | 🔊 Что он сказал?<br>CHto on skazal? |

| 你就是看兩個人互相毆打。 | Ты смотришь только, что два человека бьют друг друга.<br>Ty smotrishq tolqko, chto dva cheloveka bqjut drug druga. |
|---|---|
| 看看這件漂亮的裙子。 | 🔘 Смотрите эту красивую одежду.<br>Smotrite ehtu krasivuju odezhdu. |
| 你是對的。 | Ты прав.<br>Ty prav. |
| 也許你是對的，但我還是要回家看比賽。 | 🔘 Может быть ты права, но я всё-таки дома посмотрю соревнование.<br>Mozhet bytq ty prava, no ja vsjo-taki doma posmotrju sorevnovanie. |
| 我不喜歡我們的新經理。 | Мне не нравится наш новый директор.<br>Mne ne nravitsja nash novyj direktor. |
| 我喜歡我們的新老闆。 | 🔘 Я очень люблю нашего нового хозяйна.<br>JA ochenq ljublju nashego novogo xozjajna. |
| 我不喜歡要求別人做事。 | Я не люблю требоваться от другого сделать что-то.<br>JA ne ljublju trebovatqsja ot drugogo sdelatq chto-to. |
| 不。他的工作是指揮別人，而不是讓別人幫他做他的工作。 | 🔘 Нет. Его работа-руководить, а не требуется от другого помогать делать его дело.<br>Net. Ego rabota-rukovoditq, a ne trebuetsja ot drugogo pomogatq delatq ego delo. |
| 我希望你會幸福。 | Я желаю вам счастья.<br>JA zhelaju vam schastqja. |
| 我希望你會成功。 | 🔘 Желаю тебе успехов.<br>ZHelaju tebe uspexov. |
| 我覺得學校不比當年了。 | По-моему, наша школа хуже чем раньше.<br>Po-moemu, nasha shkola xuzhe chem ranqshe. |
| 我們的學校越來越好啦。 | 🔘 Наша школа стала лучше и лучше.<br>Nasha shkola stala luchshe i luchshe. |

## 建 議

| | |
|---|---|
| 今年，我最想感謝的人是你。 | В этом году больше всего я хочу благодарю вам. |
| | V ehtom godu bolqshe vsego ja xochu blagodarju vam. |
| 謝謝你的誇獎，伊萬。 | 🔊 Спасибо, Иван. |
| | Spasibo, Ivan. |

| | |
|---|---|
| 你是否想過將來要幹什麼？ | Ты уже решил, чем будешь заниматься? |
| | Ty uzhe reshil, chem budeshq zanimatqsja? |
| 畢業之後你想幹什麼？ | 🔊 Когда окончив университет, чем вы хотите заниматься? |
| | Kogda okonchiv universitet, chem vy xotite zanimatqsja? |

| | |
|---|---|
| 你喜歡幹什麼？你對什麼感興趣？ | Что ты любишь делать. Чем интересуешься? |
| | CHto ty ljubishq delatq. CHem interesueshqsja? |
| 你有什麼愛好嗎？ | 🔊 У вас есть хобби? |
| | U vas estq xobbi? |

| | |
|---|---|
| 我建議你開始考慮與動物有關的職業。 | Я советую тебе выбрать профессию связанную с животными. |
| | JA sovetuju tebe vybratq professiju svjazannuju s zhivotnymi. |
| 我建議你當大學教師。 | 🔊 Я советую тебе работать преподавателем. |
| | JA sovetuju tebe rabotatq prepodovatelem. |

| | |
|---|---|
| 做一名獸醫對你來說可能會是一種很有趣的職業。 | Стать ветеринаром, тебе интересно эта профессия. |
| | Statq veterinarom, tebe interesno ehta professija. |
| 我想成為一名醫生。 | 🔊 Я хочу работать врачом. |
| | JA xochu rabotatq vrachom. |
| | ☼ Стать кем-чем意思是 "成為……"。 |

**81**

| | |
|---|---|
| 兒子，比賽得怎樣？<br><br>兒子，考的怎麼樣？ | Сынок, как соревнование?<br>Synok, kak sorevnovanie?<br><br>🔊 Сынок, как экзамен?<br>Synok, kak ehkzamen?<br><br>☼ Сынок是сын的指小表愛形式，表示比較親密，比較關心，俄語中的指小表愛很常見，無論是在朋友之間還是在親人之間。人的名字也有指小表愛形式。 |
| 那麼糟糕嗎？發生什麼事了？<br><br>安德列，你看起來很糟糕，發生什麼事情了？ | Так плохо? А что случилось?<br>Tak ploxo? A chto sluchilosq?<br><br>🔊 Андрей, ты ведёт себя не хорошо, что случилось?<br>Andrej, ty vedejot sebja ne xorosho, chto sluchilosq? |
| 好吧，那我可以給你一些建議嗎？<br><br>可以給工人發工資了嗎？ | Ладно, могу я датq тебе совет?<br>Ladno, mogu ja datq tebe sovet?<br><br>🔊 Можно дать рабочим зарплату?<br>Mozhno datq rabochim zarplatu?<br><br>☼ Ладно在這裏相當於хорошо。給某人建議用俄語來表達就是дать кому совет。 |
| 忘記它吧。把那些錯誤都忘記吧。<br><br>忘掉它們吧，忘掉那些痛苦的回憶。 | Забудq об этом. Забудq все эти ошибки.<br>Zabudq ob ehtom. Zabudq vse ehti oshibki.<br><br>🔊 Забудь их, забудq то печальное воспоминание.<br>Zabudq ix, zabudq to pechalqnoe vspominanie.<br><br>☼ 這個句子中用забудь，口語化色彩比較明顯，兩者的關係比較親密。 |
| 可能是你對。<br><br>可能是這樣，但如果你老想着犯的錯誤，將來可能做得更差。 | Может быть, ты прав.<br>Mozhet bytq, ty prav.<br><br>🔊 Может быть. Но если ты часто будешь думать об этой ошибке, в будущем будет хуже.<br>Mozhet bytq. No esli ty chasto budeshq dumatq ob ehtoj oshibke, v buduthem budet xuzhe. |

我想知道，你是怎樣把你的草坪剪得這麼好看的。

我想知道，你為什麼學習這麼好呢？

Я хочу знать, как тебе удалось подстричь газон так красиво.
JA xochu znatq, kak tebe udalosq podstrichq gazon tak krasivo.

🔊 Я хочу знать, как тебе удалось учитсья так хорошо?
JA xochu znatq, kak tebe udalosq uchitsqja tak xorosho?

因為你很開心。你有一個溫馨的家庭和一份好工作。

我們所有人今天都很開心。

Потому что ты очень весёлая. У тебя хорошая семья и работа.
Potomu chto ty ochenq vesjolaja. U tebja xoroshaja semqja i rabota.

🔊 Сегодня мы все очень весёлы.
Segodnja my vse ochenq vesjoly.

## 要 求

| | |
|---|---|
| 嗨，你現在忙嗎？ | Привет, ты занят?<br>Privet, ty zanjat? |
| 嗨，最近怎麼樣？ | 📣 Привет, как дела?<br>Privet, kak dela? |
| | ☼ Привет相當於中文中的"你好"，一般用於朋友之間，如果要表示尊敬，特別是頭一次見面，要用здравствуйте。Помочь кому чем，意思是"怎麼幫助某人"。 |
| 這星期六我需要你幫個忙。 | В субботу мне нужна ваша помощь.<br>V subbotu mne nuzhna vasha pomothq. |
| 聽起來挺有趣的。你需要我幫什麼忙？ | 📣 Это интересно. Какая помощь тебе нужно?<br>EHto interesno. Kakaja pomothq tebe nuzhno? |
| 我想我星期六有空。好的，那沒什麼問題。 | Я думаю, что в субботу буду свободен. Хорошо, нет проблемы.<br>JA dumaju, chto v subbotu budu svoboden. Xorosho, net problemy. |
| 你什麼時候有空？ | 📣 Когда ты свободен?<br>Kogda ty svoboden? |
| 勞駕。 | Будьте добры.<br>Budqte dobry. |
| 幫幫我吧。 | 📣 Помогите мне, пожалуйста.<br>Pomogite mne, pozhalujsta. |
| | ☼ Будьте добры是口語，表示"勞駕"，也可以理解為"打擾一下"。 |
| 你介意把香煙熄掉嗎？ | Можно ли погасить сигарету?<br>Mozhno li pogasitq sigaretu? |
| 你可以不打擾我休息嗎？ | 📣 Можно ли не мешать мне отдыхать?<br>Mozhno li ne meshatq mne otdyxatq? |

我很抱歉聽到你這麼説，不過你少管閒事。

聽説你當了一名醫生，我很高興。

Очень сожалею, но занимайтесь лучше своими делами.
Ochenq sozhaleju, no zanimajtesq luchshe svoimi delami.

🔊 Я очень рад, что вы занимались работами с лечением.

JA ochenq rad, chto vy zanimalisq rabotami s lecheniem.

---

你不能叫我做任何我不想做的事情。

安東很喜歡強迫別人做事情。

Вы не можете заставить меня делать то, что я не хочу делать.
Vy ne mozhete zastavitq menja delatq to, chto ja ne xochu delatq.

🔊 Антон очень любит заставить другого сделать что-то.

Anton ochenq ljubit zastavitq drugogo sdelatq chto-to.

---

如果你繼續那樣的話，我只能去找警員了。

我打算出國。

Если вы будете так продолжать делать, то я вызову милицию.
Esli vy budete tak prodolzhatq delatq, to ja vyzovu miliciju.

🔊 Я буду учиться за границей.

JA budu uchitsqja za granicej.

---

嗨，安娜，能幫我一下嗎？

卡佳，我需要你的幫助。

Привет, Анна, можешь мне помочь?
Privet, Anna, mozheshq mne pomochq?

🔊 Катя, мне нужна ваша помощь.

Katja, mne nuzhna vasha pomothq.

---

不是什麼大事。我正設法把這幅畫掛上去。

不是什麼大事，這場考試對我來説很容易。

Не очень важное дело. Я только хочу повесить эту картину.
Ne ochenq vazhnoe delo. JA tolqko xochu povesitq ehtu kartinu.

🔊 Не очень важное дело. Этот экзамен мне очень легко.

Ne ochenq vazhnoe delo. EHtot ehkzamen mne ochenq legko.

| | |
|---|---|
| 他這個人太嚴厲了。 | Он слишком строг. |
| | On slishkom strog. |
| 左邊有點太往下了。 | Слева слишком низко. |
| | Sleva slishkom nizko. |
| 嗨，夥計，移過來一點好嗎？我沒法看到電視。 | Парень, не мог бы посторониться? Я не вижу телевизор. |
| | Parenq, ne mog by postoronitqsja? JA ne vizhu televizor. |
| 蓮娜，要是我在你的位置上，我一定會生氣。 | Лена, если бы я на твоём месте, я бы обязательно сердилась. |
| | Lena, esli by ja na tvojom meste, ja by objazatelqno serdilasq. |

## 讚　揚

| 尤拉，我剛改完你們的試卷。 | Юра, я только исправила ваши экзаменационные работы.<br>JUra, ja tolqko ispravila vashi ehkzamenacionnye raboty. |
|---|---|
| 安娜，你什麼時候能夠改正自己的錯誤呢？ | 🔊 Анна, когда ты можешь исправить свои ошибки?<br>Anna, kogda ty mozheshq ispravitq svoi oshibki? |

| 事實上，我想要祝賀你。 | На самом деле, мне надо поздравить тебя.<br>Na samom dele, mne nado pozdravitq tebja. |
|---|---|
| 祝你節日快樂。 | 🔊 Поздравляю вас с праздником.<br>Pozdravljaju vas s prazdnikom. |

| 你得了全班最高分。 | Твоя отметка самая высокая в классе.<br>Tvoja otmetka samaja vysokaja v klasse. |
|---|---|
| 你的裙子很漂亮。 | 🔊 Твоя юбка очень красивая.<br>Tvoja jubka ochenq krasivaja. |

| 我知道。我希望你會為下次考試還同樣努力。 | Я знаю. Я хочу, чтобы ты также постарался в следующий экзамен.<br>JA znaju. JA xochu, chtoby ty takzhe postaralsja v sledujuthij ehkzamen. |
|---|---|
| 我希望你能夠出國留學。 | 🔊 Я хочу, чтобы ты мог учится за границей.<br>JA xochu, chtoby ty mog uchitsja za granicej. |

| 嘿，安德列。好久不見了！ | Эй, Андрей, сколько лет, сколько зим!<br>EHj, Andrej, skolqko let, skolqko zim! |
|---|---|
| 嗨，列夫，近況如何？ | 🔊 Привет, Лев, как дела?<br>Privet, Lev, kak dela? |

☆ 俄語中的全名一般情況下是名字+父稱+姓，這種情況一般是在比較正式的場合使用，如果是朋友之間，可以直呼其名。

**87**

| 你看起來很好。 | Выглядишь хорошо.<br>Vygljadishq xorosho. |
|---|---|
| 你看起來氣色不對。 | 🔘 Ты выглядишь не хорошо.<br>Ty vygljadishq ne xorosho. |
| 我真羨慕你。我也應該做多點運動。 | Как я завидую тебе. Мне надо больше заниматься спортом.<br>Kak ja zaviduju tebe. Mne nado bolqshe zanimatqsja sportom. |
| 我真羨慕你，你的俄語說得那麼好。 | 🔘 Как я завидую тебе, ты так хорошо говоришь по-русски.<br>Kak ja zaviduju tebe, ty tak xorosho govorishq po-russki. |
| 今天的比賽打得很好。 | Сегодняшнее соревнование очень эффектное.<br>Segodnjashnee sorevnovanie ochenq ehffektnoe. |
| 今天的天氣真的很好。 | 🔘 Сегодняшняя погода, очень хорошо.<br>Segodnjashnjaja pogoda, ochenq xorosho. |
| 是的。大部分是因為運氣，我打得沒你那麼好。 | Да. Это в большей мере зависит от удачи. Я играю хуже, чем ты.<br>Da. EHto v bolqshej mere zavisit ot udachi. JA igraju xuzhe, chem ty. |
| 你能不能學業有成，完全取決於你自己。 | 🔘 Можно ли ты пользуешься успехом в учёбе, всё звисит от тебя.<br>Mozhno li ty polqzueshqsja uspexom v uchjobe, vsjo zvisit ot tebja. |
| 我們還需要訓練。 | Нам ещё нужно тренироваться.<br>Nam ethjo nuzhno trenirovatqsja. |
| 我還需要準備考試。 | 🔘 Мне надо готовиться к экзамену.<br>Mne nado gotovitqsja k ehkzamenu. |
| 你為什麼嫉妒我？ | Почему ты завидовал мне?<br>Pochemu ty zavidoval mne? |
| 為什麼那麼説？ | 🔘 Почему так говоришь?<br>Pochemu tak govorishq? |

## 驚 喜

| | |
|---|---|
| 生日快樂，親愛的。 | С днём рождения, дорогая. |
| | S dnjom rozhdenija, dorogaja. |
| 親愛的朋友們，節日快樂！ | 🔘 Дорогие друзья, с праздником! |
| | Dorogie druzqja, s prazdnikom! |

| | |
|---|---|
| 你說過你想要一隻貓，但卻未能下定決心。 | Ты сказала, что хотела кошку, но не решила. |
| | Ty skazala, chto xotela koshku, no ne reshila. |
| 你說過，你想替我拿主意。 | 🔘 Ты сказал, что ты хотел решить вместо меня. |
| | Ty skazal, chto ty xotel reshitq vmesto menja. |

| | |
|---|---|
| 我們得為她取個名字，對嗎？ | Нам надо дать ей имя, да? |
| | Nam nado datq ej imja, da? |
| 我們得準備考試了。 | 🔘 Нам надо готовиться к экзамену. |
| | Nam nado gotovitqsja k ehkzamenu. |

| | |
|---|---|
| 你仍然在買那彩票嗎？ | Ты по прежнему ещё покупаешь лотерейные билеты? |
| | Ty po prezhnemu ethjo pokupaeshq loterejnye bilety? |
| 你買到那張電影票了嗎？ | 🔘 Ты купила тот билет на кино? |
| | Ty kupila tot bilet na kino? |

| | |
|---|---|
| 你中了多少錢？ | Сколько денег ты выиграл? |
| | Skolqko deneg ty vyigral? |
| 我應該付多少錢？ | 🔘 Сколько денег мне надо заплатить? |
| | Skolqko deneg mne nado zaplatitq? |

| | |
|---|---|
| 有空就到我這裏來吧。 | Если ты свободен, заходите ко мне. |
| | Esli ty svoboden, zaxodite ko mne. |
| 我想差不多算完了。你可以進計票房嗎？ | 🔘 Я думаю, что почти закончил. Ты можешь заходить в комнату, где подсчитывают голоса? |
| | JA dumaju, chto pochti zakonchil. Ty mozheshq zaxoditq v komnatu, gde podschityvajut golosa? |

| | |
|---|---|
| 沒事兒的，我本來就沒打算出國。 | Мне ничего, я не собрался учиться за границей.<br>Mne nichego, ja ne sobralsja uchitqsja za granicej. |
| 哦，沒關係。我都不打算會贏。 | 🔊 О, ничего. Я не собирался выигрывать.<br>O, nichego. JA ne sobiralsja vyigryvatq. |
| 看起來你以**4**票的優勢選為新班長。 | Я смотрю тебя выбрали старостой, у тебя на 4 голоса больше остальных.<br>JA smotrju tebja vybrali starostoj, u tebja na 4 golosa bolqshe ostalqnyx. |
| 真的嗎？選票的差距不大呀。 | 🔊 Точно? Отрыв очень небольшой.<br>Tochno? Otryv ochenq nebolqshoj. |
| 你能猜到我們老師今天幹了什麼嗎？ | Угадай, что сделала сегодня наша преподавательница?<br>Ugadaj, chto sdelala segodnja nasha prepodavatelqnica? |
| 猜一猜她喜歡上誰了？ | 🔊 Угадай, кого она полюбила?<br>Ugadaj, kogo ona poljubila? |
| 很明顯，突擊測試的結果會很差的。 | Очевидно, результат будет очень плохой.<br>Ochevidno, rezulqtat budet ochenq ploxoj. |
| 顯然，考試結果馬上就出來啦。 | 🔊 Очевидно, скоро будет результат экзамена.<br>Ochevidno, skoro budet rezulqtat ehkzamena. |
| 好像是你們的錯而不是老師的錯。 | Кажется, это ваши ошибки, а не ошибки преподавательницы.<br>Kazhetsja, ehto vashi oshibki, a ne oshibki prepodavatelqnicy. |
| 好像是我的錯。 | 🔊 Кажется, это моя ошибка.<br>Kazhetsja, ehto moja oshibka. |
| 他是一個平凡的人。 | Он обычный человек.<br>On obychnyj chelovek. |
| 這很平常。先休息幾個星期，然後回來再做個檢查。 | 🔊 Это обычное дело. Вам надо отдохнуть несколько недель, а потом снова прийти и сделать осмотр.<br>EHto obychnoe delo. Vam nado otdoxnutq neskolqko nedelq, a potom snova prijti i sdelatq osmotr. |

## 希 望

| | |
|---|---|
| 我希望今年錦標賽我們會贏。 | Я надеюсь, что в этом году мы сможем выиграть.<br>JA nadejusq, chto v ehtom godu my smozhem vyigratq. |
| 我希望如此，我們一直都在努力訓練。 | 🔊 Я надеюсь, мы всё время готовимся.<br>JA nadejusq, my vsjo vremja gotovimsja. |
| 那意味着在錦標賽到來之前只剩下**3**場比賽了。 | Это значит, что перед чемпионатом будут только три соревнования.<br>EHto znachit, chto pered chempionatom budut tolqko tri sorevnovanija. |
| 那就意味這還有三天時間了。 | 🔊 Это значит, что перед экзаменом будут только три дня.<br>EHto znachit, chto pered ehkzamenom budut tolqko tri dnja. |
| 達尼婭，今年聖誕你想要什麼禮物？ | Таня, какой падарок ты хочешь на это рождество?<br>Tanja, kakoj padarok ty xocheshq na ehto rozhdestvo? |
| 卡佳，考試之後你想做什麼？ | 🔊 Катя, что ты хочешь делать после экзамена?<br>Katja, chto ty xocheshq delatq posle ehkzamena? |
| 喔，我希望你知道這是個很大的責任。 | О, я хочу, чтобы ты знала, что это большая ответственность.<br>O, ja xochu, chtoby ty znala, chto ehto bolqshaja otvetstvennostq. |
| 作為一名教師，有着巨大的責任。 | 🔊 Работать как учителем, у которого большая ответственность.<br>Rabotatq kak uchitelem, u kotorogo bolqshaja otvetstvennostq. |
| 那樣我就不用參加考試啦。 | Так мне не надо участвовать в экзамене.<br>Tak mne ne nado uchastvovatq v ehkzamene. |
| 那樣我們就可以出去玩球了。 | 🔊 Так мы можем пойти играть в футбол.<br>Tak my mozhem pojti igratq v futbol. |

| | |
|---|---|
| 或許我們可以租盒錄影。<br><br>我想租一間房。 | Может быть, мы можем снять видеозапись.<br>Mozhet bytq, my mozhem snjatq videozapisq.<br>🔊 Я хочу снять квартиру.<br>JA xochu snjatq kvartiru. |
| 現在可是凌晨3點鐘。<br><br>現在上午10點鐘。 | Но сейчас 3 часа утра.<br>No sejchas 3 chasa utra.<br>🔊 Сейчас 10 часов дня.<br>Sejchas 10 chasov dnja. |
| 所以，你是指嬰兒想要桔子，而不是你想要。<br><br><br><br>你指的是什麼？ | Поэтому, ты имеешь в виду, что ребёнок хочет мандарины, а ты не хочешь.<br>Poehtomu, ty imeeshq v vidu, chto rebjonok xochet mandariny, a ty ne xocheshq.<br>🔊 Чего ты имеешь в виду?<br>CHego ty imeeshq v vidu? |
| 有沒有人要喝點什麼的？<br><br><br>有沒有人想吃點兒什麼？ | Кто-нибуть хочет что-нибуть попить?<br>Kto-nibutq xochet chto-nibutq popitq?<br>🔊 Кто-нибудь хочет что-нибудь съесть?<br>Kto-nibudq xochet chto-nibudq sqhestq?<br>💡 注意нибудь的用法，比如что-нибудь意思是"隨便什麼東西"，表示的意思是說話者和聽話者都不知道是什麼東西，而что-то的意思是，說話者本人知道是什麼東西，由於某種原因不便於說出，聽話者完全不知道說話者要說的是什麼。 |
| 是的，我聽說那兒很便宜。<br><br>聽說，你在賓館工作？ | Да, говорят, там очень дёшево.<br>Da, govorjat, tam ochenq djoshevo.<br>🔊 Говорят, что ты работаешь в гостинице?<br>Govorjat, chto ty rabotaeshq v gostinice? |

**你想去哪裏？**

你想和誰一起走？

Куда ты хочешь пойти?
Kuda ty xocheshq pojti?

 С кем ты хочешь пойти?
S kem ty xocheshq pojti?

**是的，我聽説那兒很便宜。**

這太貴啦，便宜一點兒吧。

Да, говорят, там очень дёшево.
Da, govorjat, tam ochenq djoshevo.

С Слишком дорого, подешевле, пожалуйста.
Slishkom dorogo, podeshevle, pozhalujsta.

表情達意

3

希望

🎵 94.mp3

## 關 心

| 爸爸，我幾乎不敢相信發生的事情。 | Папа, я не могу в это поверить.<br>Papa, ja ne mogu v ehto poveritq. |
| --- | --- |
| 爸爸，我不相信媽媽。 | 🔊 Папа, я не верю маме.<br>Papa, ja ne verju mame. |

| 不，你沒輸。你獲得了第二名。 | Нет, ты не проиграл. Ты получил второе место.<br>Net, ty ne proigral. Ty poluchil vtoroe mesto. |
| --- | --- |
| 誰都不想輸球。 | 🔊 Никто не хочет проиграть.<br>Nikto ne xochet proigratq. |

| 命運是不公平的。 | Судьба несправедливая.<br>Sudqba nespravedlivaja. |
| --- | --- |
| 生活真是不公平。 | 🔊 Жизнь такая несправедливая.<br>ZHiznq takaja nespravedlivaja. |

| 你該看到，即使俄語很難學，但是很有意思。 | Ты посмотри, хотя русский язык очень турдно изучать, но очень интересно.<br>Ty posmotri, xotja russkij jazyk ochenq turdno izuchatq, no ochenq interesno. |
| --- | --- |
| 你該看到，即使你沒有贏，但是你比以前做得好。那才是真正的意義所在。 | 🔊 Ты посмотри, хотя ты не выиграл, но на этот раз сделал лучше, чем раньше. Это имеет значение.<br>Ty posmotri, xotja ty ne vyigral, no na ehtot raz sdelal luchshe, chem ranqshe. EHto imeet znachenie. |

| 親愛的，為什麼你這麼不開心？ | Дорогая, почему ты грустишь?<br>Dorogaja, pochemu ty grustishq? |
| --- | --- |
| 親愛的，怎麼不給我打電話呢？ | 🔊 Дорогая, почему ты не позвонила мне?<br>Dorogaja, pochemu ty ne pozvonila mne? |

為什麼我們要把它交給爺爺和奶奶？

Почему мы отдали её дедушке и бабушке?

Pochemu my otdali ejo dedushke i babushke?

為什麼我們要把作業交給卡佳？

🔊 Почему нам надо отдать наши тетради Кате?

Pochemu nam nado otdatq nashi tetradi Kate?

那又怎樣？我想跟她一起玩。

Ну и что? Я хочу с ней играть.

Nu i chto? JA xochu s nej igratq.

誰都不想跟奧列格一起玩兒。

🔊 Никто не хочет играть с Олегом.

Nikto ne xochet igratq s Olegom.

難道她在大農場裏不能和爺爺玩嗎？難道你不希望她開心嗎？

Разве в госхозе она с дедушкой не играет? Разве ты не хочешь, чтобы её было хорошо?

Razve v gosxoze ona s dedushkoj ne igraet? Razve ty ne xocheshq, chtoby ejo bylo xorosho?

我當然希望，但難道她不想我嗎？

🔊 Конечно, хочу. Но разве она не скучает по мне?

Konechno, xochu. No razve ona ne skuchaet po mne?

蓮娜，快請坐。

Лена, сядьте пожалуйста.

Lena, sjadqte pozhalujsta.

快坐下來告訴我。

🔊 Сядь и расскажи мне.

Sjadq i rasskazhi mne.

我被商店老闆解雇了。

Меня рассчитал директор магазина.

Menja rasschital direktor magazina.

沒有人想被自己的老闆解雇。

🔊 Никто не хочет, чтобы себя уволил директор.

Nikto ne xochet, chtoby sebja uvolil direktor.

要看到好的一面。

Надо видеть хорошую сторону.

Nado videtq xoroshuju storonu.

好的方面是什麼？

🔊 А в чём хорошая сторона?

A v chjom xoroshaja storona?

## 警 告

| | |
|---|---|
| 我們偷偷溜進廢品收購站。 | Мы незаметно проскользнём на пункт сбора утильсырья.<br>My nezametno proskolqznjom na punkt sbora utilqsyrqja. |
| 我們不知道他是一個好人。 | 🔊 Нам не известно, что он хороший человек.<br>Nam ne izvestno, chto on xoroshij chelovek. |
| 因為那門的外面有個標牌，上面寫着"禁止入內"。 | На табличке на двери написано "Вход воспрещён".<br>Na tablichke na dveri napisano "Vxod vosprethjon". |
| 那又怎樣！我説過我們會偷偷地進去，所以我們不會被抓到。 | 🔊 Ну, так что же! Я сказал, что мы незаметно проскользнём, поэтому нас не поймают.<br>Nu, tak chto zhe! JA skazal, chto my nezametno proskolqznjom, poehtomu nas ne pojmajut. |
| 你不擔心那條狗嗎？因為那裏還有一個標牌，寫着"小心，有狗"。 | Ты не боишься собаки? Там на другой табличке написано "Злая собака".<br>Ty ne boishqsja sobaki? Tam na drugoj tablichke napisano "Zlaja sobaka". |
| 你不喜歡那條狗嗎？ | 🔊 Ты не любишь той собаки?<br>Ty ne ljubishq toj sobaki? |
| 今天真是陽光普照。 | Сегодня солнце светит.<br>Segodnja solnce svetit. |
| 今天下大雨。 | 🔊 Сегодня идёт сильный дождь.<br>Segodnja idjot silqnyj dozhdq. |
| | 💡 Сегодня既可以當做副詞又可以當做名詞，當名詞講的時候與завтра一樣，是中性名詞，在任何情況下都不需要變格。 |
| 這裏的速度限制是每小時65英里。 | Здесь ограничение скорости до 65 английских миль в час.<br>Zdesq organichenie skorosti do 65 anglijskix milq v chas. |
| 每個人都會超速的啦。 | 🔊 У каждого своя скорость.<br>U kazhdogo svoja skorostq. |

即使開得這麼快不是違法的，我仍希望你開得慢點。

Даже если такое быстрое вождение не нарушает закон, я хочу помедленее.

Dazhe esli takoe bystroe vozhdenie ne narushaet zakon, ja xochu pomedlenee.

好的。我放慢速度就是了。你放心了吧？

🔊 Ладно. Я сбавил скорость. Так спокойнее?

Ladno. JA sbavil skorostq. Tak spokojnee?

那很好，但我想先抽這根雪茄。

Да, но сначала я хочу выкурить сигару.

Da, no snachala ja xochu vykuritq sigaru.

我認為你不應該抽煙。

🔊 По-моему, тебе не надо курить.

Po-moemu, tebe ne nado kuritq.

他們不可以阻止我抽煙。

Они не могут запретить мне курить.

Oni ne mogut zapretitq mne kuritq.

但他們可以請你離開。無論怎麼說，那對你的健康沒好處。

🔊 Но они могли попросить тебя уйти. Не стоит, это вредно для твоего здоровья.

No oni mogli poprositq tebja ujti. Ne stoit, ehto vredno dlja tvoego zdorovqja.

但那對我的健康還有其他在這裏的人的健康也不好啊。

Но для меня и других, которые здесь сидят, плохо.

No dlja menja i drugix, kotorye zdesq sidjat, ploxo.

好的，好的。我把煙熄滅就是了。

🔊 Ладно, ладно, я гашу сигару.

Ladno, ladno, ja gashu sigaru.

我去照張照片。

Я сфотографирую.

JA sfotografiruju.

我想和你合影。

🔊 Я хочу сфотографироваться с вами.

JA xochu sfotografirovatqsja s vami.

閃光燈會損害那手工藝品。

Свет фотовспышки может повредить изделие.

Svet fotovspyshki mozhet povreditq izdelie.

閃光燈會影響演員們的表演。

🔊 Свет фотовспышки может мешать исполнителям.

Svet fotovspyshki mozhet meshaet ispolniteljam.

98.mp3

# 抱 怨

| | |
|---|---|
| 我討厭這天氣。<br>我不喜歡這種天氣。 | Эта погода мне надоела.<br>EHta pogoda mne nadoela.<br>㊮ Я не люблю эту погоду.<br>JA ne ljublju ehtu pogodu. |
| 糟透了。<br>這實在糟透了。 | Очень скверно.<br>Ochenq skverno.<br>㊮ Это действительно скверно.<br>EHto dejstvitelqno skverno. |
| 這過於糟糕了。 | Это слишком скверно.<br>EHto slishkom skverna. |
| 我受夠了這個傢伙。<br>我不喜歡這個傢伙。 | Я не могу терпеть этого человека.<br>JA ne mogu terpetq etogo cheloveka.<br>㊮ Я не люблю этого человека.<br>JA ne ljublju ehtogo cheloveka. |
| 我有個同事真讓我受不了。<br>這個同事的性格很不好。 | Я действидельно потерял терпение из-за этого сотрудника.<br>JA dejstvidelqno poterjal terpenie iz-za etogo sotrudnika.<br>㊮ У этого сотрудника плохой характер.<br>U ehtogo sotrudnika ploxoj xarakter. |
| 我想對此抱怨一番。<br>我不滿意。 | Я хочу пожаловаться на это.<br>JA hochu pozhalovatqsja na ehto.<br>㊮ Я не доволен.<br>JA ne dovolen. |
| 我受夠你了。<br>你的性格好奇怪呀。 | Я уже не могу терпеть твоё поведение.<br>JA uzhe ne mogu terpetq tvojo povedenie.<br>㊮ У вас странный характер.<br>U vas strannyj xarakter. |

| 你的行為讓我受夠了。 | Я не выдержу твоё поведение.<br>JA ne vyderzhu tvojo povedenie. |
|---|---|
| 你這個行為不太合適。 | ◉ Ваш такой поступок не угоден.<br>Vash takoj postupok ne ugoden.<br>☆ Выдержу "忍受" 的意思。 |

| 我無法忍受。 | Это нельзя выдержать.<br>EHto nelqzja vyderzhatq. |
|---|---|
| 我對此無法忍受。 | ◉ Я не могу вынести это.<br>JA ne mogu vynesti ehto. |

| 我想向他抱怨。 | Я буду жаловаться ему.<br>JA budu zhalovatqsja emu. |
|---|---|
| 我想抱怨一番。 | ◉ Я хочу пожаловаться.<br>JA hochu pozhalovatqsja.<br>☆ буду表將來，在句中沒有實際意義。 |

| 生活就是不公平的，你還有什麼要說的嗎？ | И жизнь не справедливая. Ты ещё хочешь что-то сказать?<br>I zhiznq ne spravedlivaja.ty ischjo hocheshq shto-to skazatq? |
|---|---|
| 命運就是不公平的。 | ◉ Судьба не справедливая.<br>Sudqba ne spravedlivaja. |

| 我不想開始這個話題，我想説我實在受不了那個傢伙了。 | Я не хочу говорить на эту тему. Только сначала хочу сказать, что больше не могу терпеть того типа.<br>JA ne xochu govoritq na ehtu temu. Tolqko snachala xochu skazatq, chto bolqshe ne mogu terpetq togo tipa. |
|---|---|
| 你老是在抱怨。 | ◉ Ты всё время жалуешься.<br>Ty vsjo vremja zhaluieshqsja. |

| 有大把事可以抱怨的。 | Так много можно жаловаться.<br>Tak mnogo mozhno zhalovatqsja. |
|---|---|
| 不要在抱怨什麼了。 | ◉ Не надо жаловаться больше.<br>Ne nado zhalovatqsja bolqshe. |

| | |
|---|---|
| 我覺得那真讓人感到悲哀，而我總會高高興興的。 | Это очень грустно. А я всегда радуюсь. |
| | EHto ochenq grustno,a ja vsegda ragujusq. |
| 他很鬱悶。 | 🔘 Ему грустно. |
| | Emu grustno. |

| | |
|---|---|
| 我討厭不能出去打籃球。 | Мне надоело, что нельзя поиграть в баскетбол. |
| | Mne nadoelo,shto nelqzja poigratq v basketbol. |
| 我希望我能去打籃球。 | 🔘 Я надеюсь, что я могу играть в баскетбол. |
| | JA nadejusq, chto ja mogu igratq v basketbol. |

| | |
|---|---|
| 他老是讓我做好多毫無價值的事情。 | Он часто велит мне заниматься бесполезными делами |
| | On chasto velit mne zanimatqsja bespoleznymi delami. |
| 我不想做沒有價值的事情。 | 🔘 Я не хочу заниматься бесполезными делами. |
| | JA ne xochu zanimatqsja bespoleznymi delami. |

| | |
|---|---|
| 我受這樣的折磨，卻沒有得到多少報酬。 | Я терплю это, но зарплата очень низкая. |
| | JA terplju ehto,no zarplata ochenq nizkaja. |
| 我的報酬很低。 | 🔘 Моя зарплата очень низкая. |
| | Moja zarplata ochenq nizkaja. |

| | |
|---|---|
| 我們接到了你鄰居的投訴。 | Мы получили жалобу от твоего соседа. |
| | My poluchili zhalobu ot tvoego soseda. |
| 我接到旅客們的投訴。 | 🔘 Я получил жалобу от пассажиров. |
| | JA poluchil zhalobu ot passazhirov. |

# 願 望 和 祝 福

| | |
|---|---|
| 祝賀您！<br><br>節日快樂！ | Поздравляю вас!<br>Pozdravljaju vas!<br><br>⑳ С праздником!<br>S prazdnikom! |
| 我相信您會賺錢的。<br><br><br><br>我相信你會努力學習的。 | Я верю, что вы будете зарабатывать много денег.<br>JA verju, shto vy budete zarabatyvatq mnogo deneg.<br><br>⑳ Я верю, что вы будете учиться старательно.<br>JA verju, chto vy budete uchitqsja staratelqno. |
| 我相信您會做好的。<br><br>我相信您很快就會完成任務的。 | Я верю, что у тебя это получится.<br>JA verju, shto u tebja ehto poluchitsja.<br><br>⑳ Я верю, что вы скоро выполните работу.<br>JA verju, chto vy budete uchitqsja staratelqno. |
| 祝您好運。<br><br>祝你幸福。 | Я желаю вам удачи.<br>JA zhelaju vam udachi.<br><br>⑳ Желаю вам счастья.<br>ZHelaju vam schastqja. |
| 祝您萬事如意！<br><br>祝您身體健康！ | Желаю вам всего хорошего!<br>ZHelaju vam vsego haroshego!<br><br>⑳ Желаю вам здоровья!<br>ZHelaju vam zdorovqja! |
| 太好了！<br><br>太棒了！ | Очень хорошо!<br>Ochenq horosho!<br><br>⑳ Как здорово!<br>Kak zdolovo! |
| 請允許我祝福您！<br><br>請允許我祝您生日快樂！ | Разрешите поздравить вас.<br>Razreshite pozdravitq vas.<br><br>⑳ Разрешите мне сказать вам: с днём рождения!<br>Razreshite mne skazatq vam: s dnjom rozhdenija! |

| | |
|---|---|
| 給您我最好的祝福！<br><br>衷心祝願你，事業有成。 | Я выражаю вам мои наилучшие пожелания<br>JA vyrazhaju vam moi nailuchshie pozhelanija.<br><br>🔊 Сердечно желаю вам, чтобы вы могли пользоваться успехом в деле.<br>Serdechno zhelaju vam, chtoby vy mogli polqzovatqsja uspexom v dele. |
| 祝賀你，親愛的，我們以你為榮。<br><br>親愛的，我愛你們。 | Поздравляю тебя, дорогой, ты-гордость.<br>Pozdravljaju tebja, dorogoj, ty-gordostq.<br><br>🔊 Дорогие ребята, я люблю вас.<br>Dorogie rebjata, ja ljublju vas. |
| 瓦夏，班上有你這樣的學生，我覺的很榮幸。<br><br>如果我能娶你，是我的榮幸。 | Вася, иметь в классе такого студента как ты, это большая честь для меня.<br>Basja, imetq v klasse takogo studenta kak ty, ehto bolqshaja chestq dlja menja.<br><br>🔊 Если я могу жениться на вам, это большая честь для меня.<br>Esli ja mogu zhenitqsja na vam, ehto bolqshaja chestq dlja menja . |
| 我希望你在我的課中學到了一點東西。<br><br>我希望你能在這次社會實踐中學到一點東西。 | Я хочу, чтобы на моих парах ты получил знания.<br>Ja hoqu, chtoby na moih palah ty poluchil znanija.<br><br>🔊 Я хочу, чтобы вы могли бы получить знания в этой практике.<br>JA hochu, chtoby vy mogli by poluchitq znanija v ehtoj praktike. |
| 這是我在法學院所上的最好的課之一<br><br>他是我們班最優秀的學生之一。 | Это один из самых лучших предметов в юридическом институте.<br>EHto odin iz samyh luchshih predmetov v juridicheskom institute.<br><br>🔊 Он один из самых лучших студентов в нашей группе.<br>On odin iz samyx luchshix studentov v nashej gruppe. |

表情達意

**3**

願望和祝福

| | |
|---|---|
| 你也應該來我這裏。我敢肯定，你一定可以在博物館找份工作。 | Тебе надо прийти сюда. Я думаю, что ты обязательно можешь найти работу в музее.<br>Tebe nado prijdi sjuda. JA dumaju,shto ty objazatelqno mozheshq najti rabotu v muzee. |
| 你要早一點來。 | 🔊 Вам надо прийти сюда пораньше.<br>Vam nado prijti sjuda poranqshe. |
| 不，我喜歡留在這裏。但我衷心祝願你。保持聯繫。 | Нет, мне нравится здесь. От всей души желаю тебе счастья. Будем на связи.<br>Net, mne nravitsja zdesq.ot vsej dushi zhelaju tebe schastqja. Budem na svjazi. |
| 我喜歡這幅畫。 | 🔊 Мне нравится эта картина.<br>Mne nravitsja ehta kartina. |
| 你將不再是單身了，祝你們永遠雙宿雙棲！ | Ты больше не будешь один. Вы всегда будете вместе!<br>Ty bolqshe ne budeshq odin. Vy vsegda budeje vmeste! |
| 祝你們幸福！ | 🔊 Желаю вам счастья!<br>Jelaio vam siastiia! |
| 非常感謝你！ | Спасибо тебе большое!<br>Spasibo tebe bolqshoe! |
| 非常感謝！ | 🔊 Огромное спасибо!<br>Ogromnoe spasibo! |
| 你似乎長得很快！ | Кажется, что ты быстро вырос.<br>Kazhetsja, shto ty beistro vyros. |
| 你好像生氣了。 | 🔊 Кажется, что ты сердился.<br>Kazhetsja, chto ty serdilsja. |
| 您一直陪伴着我！ | Вы всё время сопровождали меня.<br>Vy vsjo vremja soprovozhdali menja. |
| 您一直在等我。 | 🔊 Вы всё время ждём меня.<br>Vy vsjo vremja zhdjom menja. |

# Column 3：名詞的性、數、格

## 一、名詞的性

俄語中的名詞分成陽性名詞，陰性名詞，中性名詞。一般情況下以a, я結尾的名詞是陰性名詞，以o, e結尾的名詞是中性名詞，有的以軟音符號結尾的名詞是陰性名詞，除此之外就都是陽性名詞了。但是也有例外的情況，比如俄語中的папа（爸爸），дяяд（叔叔），就是以a, я結尾的，但是這兩個詞都是陽性名詞，在變格的時候按照陰性名詞的變格方法來變。比如кофе, 是以e結尾的名詞，本來應該是中性形式，但是這其實是一個陽性名詞。當然特殊的名詞畢竟是佔少數，大多數名詞還是遵守上面的規律的。

## 二、名詞的數

名詞一般都分為單數形式和複數形式。如果這個名詞是陽性，以輔音結尾的直接加ы，注意г, к, х, ж, ш, ч, щ的後面只能跟и，不能跟ы。如果是軟音符號結尾，變成複數第一格就是把軟音符號變成и，如果是以й結尾的陽性名詞，就把й變成и。如果這個詞是陰性名詞，以a結尾的，將詞尾變成ы，以я結尾的，將此為變成и，以軟音符號結尾的陰性名詞，將詞尾變成и。如果是中性名詞，以o結尾的名詞，將詞尾變成a，如果是以e結尾，將詞尾變成я。還有一些名詞沒有單數形式，比如люди（人們），часы（手錶），等等。

## 三、名詞的格

俄語的名詞一般都會有12個格，單數六個格，複數六個格。簡單說一下單數六個格的變法。陽性名詞二至六格的詞尾大致是：a(я), у(ю), a(я), ом(ем), е. 陰性名詞二格至六格的詞尾大致是：ы(и), е, у(ю), ой(ей), е. 中性名詞的二格指六格的詞尾大致是：a(я), у(ю), о(е), ом(ем), е.

# *Chapter 4*

## 深入話題

# 潮 流

---

**這個款式很流行。**

多流行的一款啊！

Этот фасон очень модный.
EHtot fason ochenq modnyj.

🔸 Какой модный фасон!
Kakoj modnyj fason!

---

**這衣服早不流行了。**

這衣服已經過時很久了。

Этот костюм уже давно не моден.
EHtot kostjum uzhe davno ne moden.

🔸 Этот костюм уже не в моде долгое время.
EHtot kostjum uzhe ne v mode dolgoe vremja.

💡 в моде是一片語，是"流行，時髦"的意思。

---

**相對於流行音樂，我更喜歡古典音樂。**

我更喜歡古典音樂，勝過流行音樂。

Я больше люблю классическую музыку, чем современную.
JA bolqshe ljublju klassicheskuju muzyku, chem sovremennuju.

🔸 Я предпочитаю классическую музыку современной.
JA predpochitaju klassicheskuju muzyku sovremennoj.

💡 любить больше что , чем……是比較級，譯為"更喜歡……"。

---

**他對音樂很感興趣。**

音樂很讓他感興趣。

Он интересуется музыкой.
On interesuetsja muzykoj.

🔊 Музыка его интересует.
Muzyka ego interesuet.

💡 Интересовать кого主語是物，譯為"……讓人感興趣，喜歡"。

---

**這個顏色很適合你。**

你很適合這個顏色。

Этот цвет тебе подходит.
EHtot cvet tebe podxodit.

🔊 Ты подходишь к этому цвету.
Ty podxodishq k ehtomu cvetu.

💡 подходить 有兩種用法，一種主語是人，кто подходит к кому-чему, 譯為"某人適合……"；что подходит кому, 譯為"……對某人來説是適合的，……適合某人"。

---

🔴 107.mp3

|---|---|
| 她總是打扮得很入時。<br><br>她經常穿得土裏土氣。 | Она всегда одевается по моде.<br>Ona vsegda odevaetsja po mode.<br><br>🅰 Она часто одевается как провинциалка.<br>Ona chasto odevaetsja kak provincialka.<br><br>💡 по моде 譯為"按照流行,潮流,符合潮流",指某人做某事很符合潮流。 |
| 你的帽子很潮流啊。<br><br>你有這麼時尚的帽子,多好啊! | Шляпа у вас очень модная.<br>SHljapa u vas ochenq modnaja.<br><br>🅰 Как хорошо, что у тебя такая модная шляпа!<br>Kak xorosho, chto u tebja takaja modnaja shljapa!<br><br>💡 Что у кого какое. 句型,譯為"某人的某物怎麼樣",故原句譯為"你的帽子很流行啊。" |
| 聽說,下週有場音樂會。<br><br>下週的音樂會你去嗎? | Говорят, что на следующей неделе будет концерт.<br>Govorjat, chto na sledujuthej nedele budet koncert.<br><br>🅰 Ты пойдешь на концерт?<br>Ty pojdeshq na koncert?<br><br>💡 "Говорят, что……"是一個片語,常作插入語,譯為"聽說,據說"。 |
| 這件衣服你在哪買的?<br><br>真拉風! | Где ты купил этот костюм?<br>Gde ty kupil ehtot kostjum?<br><br>🅰 Очень модная!<br>Ochenq modnaja! |
| 你打算珍藏什麼?<br><br>你打算搜集什麼? | Что ты будешь собирать?<br>CHto ty budeshq sobiratq?<br><br>🅰 Что ты будешь коллекционировать?<br>CHto ty budeshq kollekcionirovatq? |
| 這我不是很喜歡。<br><br>這我不是很喜歡。 | Это мне не нравится.<br>EHto mne ne nravitsja.<br><br>🅰 Это я не очень люблю.<br>EHto ja ne ochenq ljublju. |
| 愛美之心人皆有之。<br><br>她知道怎樣打扮更適合自己。 | Каждый хочет выглядеть хорошо.<br>Kazhdyj xochet vygljadetq xorosho.<br><br>🅰 Она знает, как хорошо одеваться.<br>Ona znaet, kak xorosho odevatqsja. |

## 國 情

你最喜歡那個國家？

你為什麼最喜歡俄羅斯？

Какую страну вы любите больше всего?
Kakuju stranu vy ljubite bolqshe vsego?

🔊 Почему вы любите Россию больше всего?
Pochemu vy ljubite Rossiju bolqshe vsego?

---

這個國家有什麼特點？

這個國家有什麼民俗？

Какая особенность у этой страны?
Kakaja osobennostq u ehtoj strany?

🔊 Какой обычай у этой страны?
Kakoj obychaj u ehtoj strany?

---

某人某物有何特點？

Какая особенность у кого-чего?
Kakaja osobennostq u kogo-chego?

---

您去過俄羅斯嗎？

您在俄羅斯呆過嗎？

Вы были в России?
Vy byli v Rossii?

🔊 Вы побывали в России?
Vy pobyvali v Rossii?

---

你覺得美國人怎樣？

你喜歡美國人嗎？

Как вы думаете о американцах?
Kak vy dumaete o amerikancax?

🔊 Ты любишь американцев?
Ty ljubishq amerikancev?

※ думать о ком-чём譯為"考慮、思考、認為"，另外думать на кого-что也是一個重要句型語法點，譯為"懷疑某人/某物"。

---

所有的人都懷疑他。

На него думают все ребята.
Na nego dumajut vse rebjata.

---

哪個國家歷史最悠久？

我認為，中國，有5000年歷史了。

У какой страны самая длинная история?
U kakoj strany samaja dlinnaja istorija?

🔊 Я думаю, что это Китай, у которого история более 5000 лет.
JA dumaju, chto ehto Kitaj, u kotorogo istorija bolee 5000 let.

| | |
|---|---|
| 這次歐洲之行有何感想？ | Какое впечатление произвело на вас это путешествие по Европе?<br>Kakoe vpechatlenie proizvelo na vas ehto puteshestvie po Evrope? |
| 那裏的環境真好！ | 🔘 Окружающая среда там очень хорошая и замечательная!<br>Okruzhajuthaja sreda tam ochenq xoroshaja i zamechatelqnaja! |
| 世界上面積最大的國家是哪個？ | Это какая страна, у которой самая большая площадь в мире?<br>EHto kakaja strana, u kotoroj samaja bolqshaja plothadq v mire? |
| 世界上最炎熱的國家是哪個？ | 🔘 Это какая страна, у которой самая жаркая погода?<br>EHto kakaja strana, u kotoroj samaja zharkaja pogoda? |
| | 💡 самая большая площадь в мире，世界上最大面積的國家，此處площадь 需要格外注意，為多義詞，意為 "廣場，面積"，如 "красная площадь"，意思是 "紅場"。同樣，此句中出現了 который 引導的從句。 |
| 你喜歡什麼天氣？ | Какую погоду вы любите?<br>Kakuju pogodu vy ljubite? |
| 我喜歡俄羅斯冬天的雪花。 | 🔘 Я люблю зимний снег в России.<br>JA ljublju zimnij sneg v Rossii. |
| 這個國家在世界上的經濟地位如何？ | Какое место эта страна занимает по экономике в мире?<br>Kakoe mesto ehta strana zanimaet po ehkonomike v mire? |
| 該國經濟在世界上首屈一指。 | 🔘 Эта страна занимает первое место по экономике в мире.<br>EHta strana zanimaet pervoe mesto po ehkonomike v mire. |
| 考試中他總是靠第一名。 | Он часто занимает первое место в экзамене.<br>On chasto zanimaet pervoe mesto v ehkzamene. |

中國的發展速度並不比世界上任何國家遜色。

Скорость развития Китая не уступает никаким странам в мире.
Skorostq razvitija Kitaja ne ustupaet nikakim stranam v mire.

旅遊業的發展速度不比工業的發展慢。

🔊 Скорост развития индустрии туризма не уступает промышленности.
Skorost razvitija nidustri turizma ne ustupaet piomyshlennosti.

中國有何名勝古蹟？

Какие достопримечательности у вас в Китае?
Kakie dostoprimechatelqnosti u vas v Kitae?

中國有很多名勝古蹟，其中長城世界聞名。

🔊 У нас очень много, в том числе и известная во всем мире Великая Стена.
U nas ochenq mnogo, v tom chisle i izvestnaja vo vsem mire Velikaja Stena.

# 節 日

你知道中國有哪些節日嗎？

你知道俄羅斯有哪些節日嗎？

Какие праздники вы знаете в Китае?

Kakie prazdniki vy znaete v Kitae?

🔊 Какие праздники вы знаете в России?

Kakie prazdniki vy znaete v Rossii?

聽說，在中國春節是最受歡迎的節日。

聽說，你決定出國了？

Говорят, что самый популярный праздник в Китае — это праздник весны.

Govorjat, chto samyj populjarnyj prazdnik v Kitae — ehto prazdnik vesny.

🔊 Говорят, что вы собираете учиться за границей?

Govorjat, chto vy sobiraete uchitqsja za granicej?

🔆 "Со всей семьёй" 意為 "跟家人一起……"，是一固定片語。

你喜歡節日嗎？

你最喜歡什麼節日？

Вы любите праздник?

Vy ljubite prazdnik?

🔊 Какой праздник вы любите больше всего?

Kakoj prazdnik vy ljubite bolqshe vsego?

很多國家都會過春節。

很多國家都會過聖誕節。

Многие страны провожают праздник весны.

Mnogie strany provozhajut prazdnik vesny.

🔊 Многие страны провожаюь праздник рождества.

Mnogie strany provozhajuq prazdnik rozhdestva.

我最喜歡春節。

我最喜歡中秋節。

Я больше всего люблю праздник Весны.

JA bolqshe vsego ljublju prazdnik Vesny.

🔊 Я больше всего люблю праздник луны (праздник средней осени).

JA bolqshe vsego ljublju prazdnik luny (prazdnik srednej oseni).

| 中秋節有什麼習俗和傳統嗎？ | Какие традиции и обычаи у праздника луны?<br>Kakie tradicii i obychai u prazdnika luny? |
|---|---|
| 人們一般會聚在一起，賞月亮。 | 🔘 Обычно в этот день люди собираются вместе и любуются луной.<br>Obychno v ehtot denq ljudi sobirajutsja vmeste i ljubujutsja lunoj. |
| 生日快樂。 | С днем рождения.<br>S dnem rozhdenija. |
| 節日快樂。 | 🔘 С праздником.<br>S prazdnikom. |
| 你聽說過復活節嗎？ | Вы слышали о Пасхе？<br>Vy slyshali o Pasxe? |
| 你聽說過春節嗎？ | 🔘 Ты слышал о празднике Весны？<br>Ty slyshal o prazdnike Vesny? |
| 您在復活節一般幹什麼？ | Что вы обычно делаете в Пасхе？<br>CHto vy obychno delaete v Pasxe? |
| 您在春節一般幹什麼？ | 🔘 Что вы обычно делаете в празднике Весны？<br>CHto vy obychno delaete v prazdnike Vesny?<br>☼ 此處Пасха意為 "復活節" ，為宗教節日，為了紀念耶穌奇跡復活。<br>☼ "пасхальные яйца" 意為 "復活節彩蛋" ，是一種專門用天然塗料塗染繪製的雞蛋，復活節期間必備品。 |
| 這是民族節日還是國家節日？ | Это национальный праздник или государственный праздник？<br>EHto nacionalqnyj prazdnik ili gosudarstvennyj? |
| 你更喜歡民族節日還是國家節日？ | 🔘 Вы предпочитаете национальный праздник или государственный праздник？<br>Vy predpochitaete nacionalqnyj prazdnik ili gosudarstvennyj prazdnik? |

很快就要母親節了，你打算做什麼？

很快就要父親節了，你打算做什麼？

Скоро будет день матери, что вы будете делать?

Skoro budet denq materi, chto vy budete delatq?

🔊 Скоро будет день отца, что вы будете делать?

Skoro budet denq otca, chto vy budete delatq?

你知道什麼節日最受女人歡迎嗎？

你知道什麼節日最受男人歡迎嗎？

Вы знаете, какой праздник самый популярный у женщины?

Vy znaete, kakoj prazdnik samyj populjarnyj u zhenthiny?

🔊 Вы знаете, какой праздник самый популярный у мужчины?

Vy znaete, kakoj prazdnik samyj populjarnyj u muzhchiny?

深入話題

4

節日

## 民　俗

**你喜歡這種風俗習慣嗎？**

什麼樣的習俗你更喜歡？

Вы любите такие традиции и обычаи?

Vy ljubite takie tradicii i obychai?

🔘 Какие традиции и обычаи вы предпочитаете?

Kakie tradicii i obychai vy predpochitaete?

---

**你們中國人有什麼習俗啊？**

你們俄羅斯有什麼習俗呀？

Какие обычаи у вас в Китае?

Kakie obychai u vas v Kitae?

🔘 Какие обычаи у вас в России?

Kakie obychai u vas v Rossii?

---

**這個習俗早已過時。**

該習俗很時髦啊。

Этот обычай уже вышел в прошлое.

EHtot obychaj uzhe vyshel v proshloe.

🔘 Такой обычай сейчас в моде.

Takoj obychaj sejchas v mode.

💡 "выйти в прошлое" 意為 "過時"，"不再時興"。與 "в моде" 剛好對應，意為 "正時興，時髦，流行中"。

---

**每一個民族都有自己的習俗。**

每一個國家都有自己的習俗。

У каждого народа свой обычай.

U kazhdogo naroda svoj obychaj.

🔘 У каждой страны свой обычай.

U kazhdoj strany svoj obychaj.

💡 "каждый по-своему прав"，這是一句很常用的句式，用於爭論不止，無法確定正誤時的搪塞話，即 "每個人都各有千秋、都有道理"，無正誤之説。

---

**習俗可以影響一個人的性格。**

我同意你的觀點。

Обычай может влиять на характер человека.

Obychaj mozhet vlijatq na xarakter cheloveka.

🔘 Я согласен с вами.

JA soglasen s vami.

💡 此處句型 "влиять на кого-что" 是一重要句型，意為 "……影響某人·某物"，永遠這樣搭配。

| 氣候有時影響人的情緒。 | Погода иногда влияет на настроение человека.<br>Pogoda inogda vlijaet na nastroenie cheloveka. |
|---|---|
| 你適應這裏的生活了嗎？<br>我已生活在這四年多了，已經適應一些了。 | Вы уже привыкли к жизни здесь?<br>Vy uzhe privykli k zhizni zdesq?<br>🔘 Я уже жил здесь пятый год, немного привык к жизни здесь.<br>JA uzhe zhil zdesq pjatyj god, nemnogo privyk k zhizni zdesq. |
| 你們一般吃什麼？<br>跟我們這差不多。 | Что вы обычно едите?<br>CHto vy obychno edite?<br>🔘 Чуть похожи на нас.<br>CHutq poxozhi na nas. |
| 他跟哥哥長得像。 | Он похож на своего брата.<br>On poxozh na svoego brata. |
| 他們長得很像，就像兩滴水一樣，形容兩人長得很像。 | Они похожи, как две капли воды.<br>Oni poxozhi, kak dve kapli vody. |
| 我們應如何對待他國的風俗習慣呢？<br>應尊重他們的習俗。 | Как мы должны относиться к традиции и обычаю других стран?<br>Kak my dolzhny otnositqsja k tradicii i obychaju drugix stran?<br>🔘 Надо уважать их традицию и обычай.<br>Kak my dolzhny otnositqsja k tradicii i obychaju drugix stran? |
| 我們應當嚴肅的對待學習。 | Мы должны относиться к учебе серьезно.<br>My dolzhny otnositqsja k uchebe serqezno. |

| | |
|---|---|
| 你們中午有午休的習慣嗎？ | У вас привычка подохнуть на перерыв после обеда?<br>U vas privychka podoxnutq na pereryv posle obeda? |
| 他沒有午休的習慣。 | 🔊 У него нет привычки подохнуть на перерыв после обеда.<br>U nego net privychki podoxnutq na pereryv posle obeda.<br>💡 "перерыв после обеда"意為"午休"，需要注意的是，一般來説，"下午"經常翻譯為"после обеда"，另外，較正式情況下，可翻譯為"во второй половине дня"（一天的下一半），意為"下午"。 |
| 美國人喜歡喝咖啡。 | Американцы любят пить кофе.<br>Amerikancy ljubjat pitq kofe. |
| 俄羅斯人喜歡喝啤酒。 | 🔊 Русские любят пить пиво.<br>Russkie ljubjat pitq pivo.<br>💡 另外，需要注意兩個詞語的寫法及變格區別。Петь, пою, поёшь, поют，意為"唱歌、歌唱"；Пить, пью, пьёшь, пьют，意為"喝酒、喝"，故有句話"я не умею петь, умею только пить"，意為"我不會唱歌，只會喝酒"。多用在別人邀請你高歌一曲時的托詞。 |
| 為什麼會形成不同習俗？ | Почему формируются разные обычаи?<br>Pochemu formirujutsja raznye obychai? |
| 或許，是文化的差異吧。 | 🔊 Может быть, это разница культуры.<br>Mozhet bytq, ehto raznica kulqtury. |
| 外國人很難記住其他國家的習俗。 | Иностранцам трудно помнить обычаи других стран.<br>Inostrancam trudno pomnitq obychai drugix stran. |
| 習俗是跨文化交際的重大障礙。 | 🔊 Обычай——это самое большое препятствие в межкоммуникации.<br>Obychaj——ehto samoe bolqshoe prepjatstvie v mezhkommunikacii. |

## 傳 媒 、 報 紙 和 雜 誌

你喜歡讀報紙嗎？

你喜歡什麼報紙？

Вы любите читать газету?
Vy ljubite chitatq gazetu?

🔊 Какую газету вы любите?
Kakuju gazetu vy ljubite?

---

你怎麼知道這個新聞的？

我從報紙上獲知此新聞的。

Как вы знали эту новость?
Kak vy znali ehtu novostq?

🔊 Я узнал эту новость из газеты.
JA uznal ehtu novostq iz gazety.

---

你平時喜歡看什麼報紙？

這是什麼報紙？

Какую газету вы часто читаете в будние дни?
Kakuju gazetu vy chasto chitaete v budnie dni?

🔊 Какая это газета?
Kakaja ehto gazeta?

---

您有中文報紙嗎？

您有什麼報紙？

У вас есть китайские газеты?
U vas estq kitajskie gazety?

🔊 Какие газеты у вас есть?
Kakie gazety u vas estq?

---

這雜誌多長時間一版？

這種雜誌每個月出版一期。

Как часто выходит этот журнал?
Kak chasto vyxodit ehtot zhurnal?

🔊 Этот журнал выходит раз в месяц.
EHtot zhurnal vyxodit raz v mesjac.

---

這種雜誌的發行量怎麼樣？

這種雜誌受歡迎嗎？

Какой тираж у этого журнала?
Kakoj tirazh u ehtogo zhurnala?

🔊 Эта журнал популярен?
EHta zhurnal populjaren?

---

你為什麼喜歡讀週報呢？

你為什麼喜歡看電視呢？

Почему вы любите читать еженедельную газету?
Pochemu vy ljubite chitatq ezhenedelqnuju gazetu?

🔊 Почему ты любишь смотреть телевизор?
Pochemu ty ljubishq smotretq televizor?

| | |
|---|---|
| 這本雜誌講什麼的？<br><br>這是音樂方面的半月刊。 | О чём этот журнал?<br>O chjom ehtot zhurnal?<br><br>🔊 Это журнал о музыке, выходит каждые две недели.<br>EHto zhurnal o muzyke, vyxodit kazhdye dve nedeli. |
| 在哪可以買到這本雜誌？<br><br>這本雜誌可以在報亭裏買到。 | Где можно купить этот журнал?<br>Gde mozhno kupitq ehtot zhurnal?<br><br>🔊 Этот журнал можно купить в киоске.<br>EHtot zhurnal mozhno kupitq v kioske.<br><br>💮 где 表地點，在從句中可以引導地點狀語從句；"киоск" 意為"售貨亭、展覽館、涼亭等"。 |
| 請問，這本雜誌可以訂閱嗎？<br><br>我沒訂這種雜誌，所以我每天早上去買。 | Скажите, можно ли подписаться на этот журнал?<br>Skazhite, mozhno li podpisatqsja na ehtot zhurnal?<br><br>🔊 Я не выписываю этот журнал, поэтому я покупаю его каждое утро.<br>JA ne vypisyvaju ehtot zhurnal, poehtomu ja pokupaju ego kazhdoe utro. |
| 這些雜誌圖書館有嗎？<br><br>我經常在閱覽室裏讀。 | Все эти журналы есть в библиотеке?<br>Vse ehti zhurnaly estq v biblioteke?<br><br>🔊 Я часто читаю их в читальном зале.<br>JA chasto chitaju ix v chitalqnom zale. |
| 給點建議，可以訂閱一些什麼雜誌呢？<br><br>這幾乎可以訂閱所有報紙。但都要取決於你的興趣。 | Посоветуете, на какие журналы можно подписаться?<br>Posovetuete, na kakie zhurnaly mozhno podpisatqsja?<br><br>🔊 Почти на все журналы можно подписаться, все это зависит от вашего интереса.<br>Pochti na vse zhurnaly mozhno podpisatqsja, vse ehto zavisit ot vashego interesa. |

# 商 貿

**您對貿易感興趣嗎？**

貿易能讓你感興趣嗎？

Вы интересуетесь коммерцией?
Vy interesuetesq kommerciej?

🔊 Коммерция вас интересует?
Kommercija vas interesuet?

---

**你熟悉貿易流程嗎？**

貿易流程你熟悉嗎？

Вы знакомы с процессом торговли?
Vy znakomy s processom torgovli?

🔊 Торговля вам знакома?
Torgovlja vam znakoma?

---

**我們建議談談建立合資企業的問題。**

我們沒有意見。

У нас есть предложение поговорить о создании совместного предприятия.
U nas estq predlozhenie pogovoritq o sozdanii sovmestnogo predprijatija.

🔊 Мы не возражаем.
My ne vozrazhaem.

---

**貴公司有何合作方案？**

我們在平等互利的基礎上建立合資企業。

Какой принцип сотрудничества у вашего завода?
Kakoj princip sotrudnichestva u vashego zavoda?

🔊 Мы создаем совместное предприятие на основе равенства и взаимной выгоды.
My sozdaem sovmestnoe predprijatie na osnove ravenstva i vzaimnoj vygody.

---

**您認為，你們可以達到世界什麼水準？**

可以說，設備、技術和產品均達到了國際八十年代末水準。

Как вы считаете, какого мирового уровня вы можете достигнуть?
Kak vy schitaete, kakogo mirovogo urovnja vy mozhete dostignutq?

🔊 Можно так сказать, оборудование, техника и продукция нашей компании—все они уже достигли передового мирового уровня конца восьмидесятых годов.

Mozhno tak skazatq, oborudovanie, texnika i produkcija nashej kompanii—vse oni uzhe dostigli peredovogo mirovogo urovnja konca vosqmidesjatyx godov.

| | |
|---|---|
| 您可以向我們介紹一下貴公司的基本情況嗎？ | Вы не могли бы познакомить нас с основными производительными характеристиками вашей компании?<br>Vy ne mogli by poznakomitq nas s osnovnymi proizvoditelqnymi xarakteristikami vashej kompanii? |
| 可以便宜一點兒嗎？ | 🔘 Можно подешевле?<br>Mozhno podeshevle? |
| 我公司同俄羅斯進行邊境貿易。 | Наша компания проводит приграничную торговлю с Россией.<br>Nasha kompanija provodit prigranichnuju torgovlju s Rossiej. |
| 貴公司與俄羅斯貿易合作進行的如何？ | 🔘 Как идет торговое сотрудничество вашей компании с России?<br>Kak idet torgovoe sotrudnichestvo vashej kompanii s Rossii? |
| 貴公司有何產品品質要求嗎？ | Какие качественные требования продукции у вашего предприятия?<br>Kakie kachestvennye trebovanija produkcii u vashego predprijatija? |
| 商品品質應符合俄羅斯和中國國家現行標準。 | 🔘 Качество товаров должно соответствовать действующим государственным стандартам РФ и КНР.<br>Kachestvo tovarov dolzhno sootvetstvovatq dejstvujuthim gosudarstvennym standartam RF i KNR. |
| 中俄合作發展的怎樣？ | Как развевает сотрудничество между Россией и Китаем за последние годы?<br>Kak razvevaet sotrudnichestvo mezhdu Rossiej i Kitaem za poslednie gody? |
| 近年來中俄兩國合作發展迅速。 | 🔘 За последние годы сотрудничество между Россией и Китаем очень быстро развивает.<br>Za poslednie gody sotrudnichestvo mezhdu Rossiej i Kitaem ochenq bystro razvevaet. |

我想滿足貴方的要求，但這恐怕不在我的職權範圍呢，我不能決定該問題。對不起。

Я бы хотел пойти вам навстречу, но, боюсь, это не в моей власти. Я не полномочен решить эту проблему. Извините.

JA by xotel pojti vam navstrechu, no, bojusq, ehto ne v moej vlasti. JA ne polnomochen reshitq ehtu problemu. Izvinite.

没關係，還是謝謝你。

Не за что, все равно вам спасибо.

Ne za chto, vse ravno vam spasibo.

"идти кому навстречу" 意為 "迎合，協助，幫助" 之意。

"все равно" 意為 "仍然，還是"，還有片語 "кому все равно" 意為 "……對某人無所謂"。

深入話題

**4**

商貿

貴公司能提供什麼商品？

Какие товары вы можете поставить?

Kakie tovary vy mozhete postavitq?

我方能提供貴方需要的所有商品，並滿足所有要求。

Мы можем обеспечить поставку всех вам нужных товаров и удовлетворить все ваши требования.

My mozhem obespechitq postavku vsex vam nuzhnyx tovarov i udovletvoritq vse vashi trebovanija.

希望我們能夠合作順利！

Надеемся, что мы будем успешно сотрудничать!

Nadeemsja, chto my budem uspeshno sotrudnichatq!

我們也有同樣的願望。

У нас тоже такое желание.

U nas tozhe takoe zhelanie.

## 科 技

| | |
|---|---|
| 科學在我們的生活中起什麼作用？ | Какую роль играет наука в нашей жизни?<br>Kakuju rolq igraet nauka v nashej zhizni? |
| 科學改變了我們的生活。 | 🔊 Наука изменяет нашу жизнь.<br>Kakuju rolq igraet nauka v nashej zhizni? |
| 科技已經成為我們生活的一部分。 | Наука уже стала частью нашей жизни.<br>Nauka uzhe stala chastqju nashej zhizni. |
| 學習是我們生活的一部分。 | 🔊 Учение является частью нашей жизни.<br>Uchenie javljaetsja chastqju nashej zhizni. |
| 隨著科技的發展，我們的生活會更好。 | С развитием науки и техники, наша жизнь становится более красивой.<br>S razvitiem nauki i texniki, nasha zhiznq stanovitsja bolee krasivoj. |
| 我們的生活已經與科學技術緊密聯繫在一起了。 | 🔊 Наша жизнь уже тесно связывает с техникой и наукой.<br>Nasha zhiznq uzhe tesno svjazyvaet s texnikoj i naukoj. |
| 離開科技，生活簡直不可想像！ | Просто не возможно представить себе жизнь без науки и техники!<br>Prosto ne vozmozhno predstavitq sebe zhiznq bez nauki i texniki! |
| 你能想像沒有科技的生活嗎？ | 🔊 Можете ли вы представить себе жизнь без науки и техники?<br>Mozhete li vy predstavitq sebe zhiznq bez nauki i texniki? |
| 我無法想像沒有你的日子。 | Я не могу представить себе жизнь без тебя.<br>JA ne mogu predstavitq sebe zhiznq bez tebja. |

123.mp3

| | |
|---|---|
| 科技是如何影響我們的生活的？<br><br>科技影響我們我們的生活方式。 | Как влияет наука на нашу жизнь?<br>Kak vlijaet nauka na nashu zhiznq?<br><br>🔊 Наука и техника влияют на наш способ жизни.<br>Nauka i texnika vlijajut na nash sposob zhizni.<br><br>💡 "влиять на кого-что" 意為 "影響……"，注意搭配。"способ жизни" 意為 "生活方式"。 |
| 在科技的幫助下，我們取得了成功。<br><br>科學本身並不能滿足社會需求。 | С помощью науки и техники, мы добились успехов.<br>S pomothqju nauki i texniki, my dobilisq uspexov.<br><br>🔊 Наука сама по себе не способна удовлетворить общественные потребности.<br>Nauka sama po sebe ne sposobna udovletvoritq obthestvennye potrebnosti. |
| 科學和技術有何區別？<br><br>英語和俄語有什麼區別？ | Какая разница между наукой и техникой?<br>Kakaja raznica mezhdu naukoj i texnikoj?<br><br>🔊 Какая разница между английским языком и руссим языком?<br>Kakaja raznica mezhdu anglijskim jazykom i russim jazykom? |
| 在社會、文化領域技術扮演社會象徵的角色。<br><br>科技是生產力進步的標誌。 | В социальной или культурной области техника выступает в роли социальных символов.<br>V socialqnoj ili kulqturnoj oblasti texnika vystupaet v roli socialqnyx simvolov.<br><br>🔊 Наука и техника —это признак прогресса производительной силы.<br>Nauka i texnika —ehto priznak progressa proizvoditelqnoj sily. |

我們應做夠重視科技在生活中的作用。

科技體現在生活的方方面面。

Мы должны уделить побольше вниманий роли науки и техники в нашей жизни.
My dolzhny udelitq pobolqshe vnimanij roli nauki i texniki v nashej zhizni.

🔵 Наука и техника отражаются в всей стороне нашей жизни.
Nauka i texnika otrazhajutsja v vsej storone nashej zhizni.

---

科技讓一切成為可能。

科技提高了我們的生活水準，改善了生活品質。

Наука и техника делают все возможным.
Nauka i texnika delajut vse vozmozhnym.

🔵 Наука и техника повышают уровень нашей жизни и улучшают качество нашей жизни.
Nauka i texnika povyshajut urovenq nashej zhizni i uluchshajut kachestvo nashej zhizni.

---

科技改變了我們的溝通方式。

的確如此。很多年輕人喜歡上網溝通。

Наука и техника изменяют наш способ коммуникации.
Nauka i texnika izmenjajut nash sposob kommunikacii.

🗨 Да, действительно так. Многие молодые люди любят общаться по интернету.
Da, dejstvitelqno tak. Mnogie molodye ljudi ljubjat obthatqsja po internetu.

# 文 化

## 文化是什麼？

文化是指人類表現自我及其主觀性的活動的方面。

### Что такое культура?
### CHto takoe kulqtura?

🔊 Культура—это область человеческой деятельности, связанная с самовыражением человека, проявлением его субъективности.

Kulqtura—ehto oblastq chelovecheskoj dejatelqnosti, svjazannaja s samovyrazheniem cheloveka, projavleniem ego subqhktivnosti.

## 日常生活中，人們談及文化，一般是指一般的教育和日常道德。

文化體現了歷史發展不同階段的人們日常行為的具體表現形式。

### В житейской повседневности о культуре часто говорят тогда, когда имеют в виду обычную воспитанность, бытовую этику.
### V zhitejskoj povsednevnosti o kulqture chasto govorjat togda, kogda imejut v vidu obychnuju vospitannostq, bytovuju ehtiku.

🔊 Культура отражает своеобразие конкретных форм жизнедеятельности людей на различных этапах исторического развития.

Kulqtura otrazhaet svoeobrazie konkretnyx form zhiznedejatelqnosti ljudej na razlichnyx ehtapax istoricheskogo razvitija.

## 聽説，人類的世界——這是文化的世界。

文化讓人區別於自然，讓藝術世界區別於自然世界。

### Говорят, что мир человека - это мир культуры.
### Govorjat, chto mir cheloveka - ehto mir kulqtury.

🔊 Культура отличает человека от природы, отличает искусственный мир от естественного.

Kulqtura otlichaet cheloveka ot prirody, otlichaet iskusstvennyj mir ot estestvennogo.

## 您知道哪些文化類別？

我知道這些概念，比如"交際文化"、"人際關係文化"、"交流文化"。

### Какие виды культуры вы знаете?
### Kakie vidy kulqtury vy znaete?

📢 Мне знакомы такие понятия, как "коммуникативная культура", "культура человеческих отношений", "культура общения".

Mne znakomy takie ponjatija, kak "kommunikativnaja kulqtura", "kulqtura chelovecheskix otnoshenij", "kulqtura obthenija".

## 請問，您知道哪些文化劃分方式？

最常見的文化劃分是將其劃分為物質文化和精神文化。

### Скажите, какой способ деления о культуре вы знаете?
### Skazhite, kakoj sposob delenija o kulqture vy znaete?

📢 Наиболее широко известно деление культуры на материальную и духовную.

Haibolee shiroko izvestno delenie kulqtury na materialqnuju i duxovnuju.

## 文化和自由間有何關係？

文化不僅限制人的自由，也能保證人的自由。

### Какое отношение между культурой и свободой?
### Kakoe otnoshenie mezhdu kulqturoj i svobodoj?

📢 Культура не только ограничивает свободу человека, но и обеспечивает эту свободу.

Kulqtura ne tolqko ogranichivaet svobodu cheloveka, no i obespechivaet ehtu svobodu.

## 文化有何功能？

文化可以給人們提供了真正無限制選擇的可能性，即實現自由。

### Какие функции у культуры?
### Kakie funkcii u kulqtury?

📢 Культура способна предоставить человеку поистине безграничные возможности для выбора, т.е. для реализации его свободы.

Kulqtura sposobna predostavitq cheloveku poistine bezgranichnye vozmozhnosti dlja vybora, t.e. dlja realizacii ego svobody.

文化在跨文化交際中有何作用？

文化——這是我們溝通的重要部分，幫助我們更快理解説話者。

Какую роль играет культура в межкультурной коммуникации?

Kakuju rolq igraet kulqtura v mezhkulqturnoj kommunikacii?

🔊 Культура—это очень важная часть нашего общения, помогает нам легче понимать говорящих.

Kulqtura—ehto ochenq vazhnaja chastq nashego obthenija, pomogaet nam legche ponimatq govorjathix.

---

人的文化是怎麼產生的？

文化以各種學習方式在人之間傳播，但並非通過基因。

Как появляется культура у человека?

Kak pojavljaetsja kulqtura u cheloveka?

🔊 Культура передаётся от человека к человеку тем или иным способом обучения, но не через генетическую наследственность.

Kulqtura peredajotsja ot cheloveka k cheloveku tem ili inym sposobom obuchenija, no ne cherez geneticheskuju nasledstvennostq.

---

瞭解所研究語言那個國家的文化重要嗎？

是的，當然重要。文化讓我沒更快適應國外生活。

Важно ли узнать культуру страны своего изучающего языка?

Vazhno li uznatq kulqturu strany svoego izuchajuthego jazyka?

🔊 Да, конечно. Культура позволяет нам побыстрее привыкнуть к зарубежной жизни.

Da, konechno. Kulqtura pozvoljaet nam pobystree privyknutq k zarubezhnoj zhizni.

深入話題

4

文化

## 留　學

| 您去過俄羅斯嗎？ | Вы были в России? |
| --- | --- |
| | Vy byli v Rossii? |
| 您為什麼去俄羅斯啊？ | 🔊 Почему вы поехали в Россию? |
| | Pochemu vy poexali v Rossiju? |

| 這個國家什麼最吸引您？ | Чем вас интересует больше всего эта страна? |
| --- | --- |
| | CHem vas interesuet bolqshe vsego ehta strana? |
| 您對該國什麼最感興趣？ | 🔊 Чем вы больше всего интересуетесь об этой стране? |
| | CHem vy bolqshe vsego interesuetesq ob ehtoj strane? |

| 您去哪國學習了？ | Куда /В какую страну вы поехали на учебу? |
| --- | --- |
| | Kuda /V kakuju stranu vy poexali na uchebu? |
| 您有國外定居打算嗎？ | 🔊 У вас идея жить постоянно за рубежом? |
| | U vas ideja zhitq postojanno za rubezhom? |

| 什麼時候從國外回來？ | Когда вы вернетесь из-за рубежа? |
| --- | --- |
| | Kogda vy vernetesq iz-za rubezha? |
| 什麼時候出國？ | 🔊 Когда вы будете ехать за рубеж? |
| | Kogda vy budete exatq za rubezh? |

| 您有認識的國外朋友嘛？ | Вы знакомились с иностранными друзьями за пределах страны? |
| --- | --- |
| | Vy znakomilisq s inostrannymi druzqjami za predelax strany? |
| 認識，改天我給你介紹一下。 | 🗨 Да, в другой день я познакомлю тебя с ними. |
| | Da, v drugoj denq ja poznakomlju tebja s nimi |

| 國外有無工作經歷？ | У вас есть опыт работы за рубежом? |
| --- | --- |
| | U vas estq opyt raboty za rubezhom? |
| 是的，我曾經在一家石油公司實習。 | 🗨 Да, я работал на нефтяном заводе на практике. |
| | Da, ja rabotal na neftjanom zavode na praktike. |

您是怎麼提高自己的專業能力的？

多與朋友交流，向老師請教問題。

Как вы улучшить вашу способность по специальности?
Kak vy uluchshitq vashu sposobnostq po specialqnosti?

🕊 Надо побольше обменяться опытами с друзьями, обратиться с непонятным вопросам к преподавателям.

Nado pobolqshe obmenjatqsja opytami s druzqjami, obratitqsja s neponjatnym voprosam k prepodavateljam.

您覺得語言環境對您的語言提高重要嗎？

語言環境讓我們更快適應外國人的說話方式。

Как вы считаете, важна ли языковая среда для улучшения уровня языка?
Kak vy schitaete, vazhna li jazykovaja sreda dlja uluchshenija urovnja jazyka?

🕊 Конечно. Языковая среда позволяет нам скорее привыкнуть к способу разговора иностранцев.

Konechno. JAzykovaja sreda pozvoljaet nam skoree privyknutq k sposobu razgovora inostrancev.

您到過朋友家做客嗎？

去過，俄羅斯人很好客。

Вы были у друзей в гостях?
Vy byli u druzej v gostjax?

🕊 Да, русские всегда очень гостеприимные.
Da, russkie vsegda ochenq gostepriimnye.

俄羅斯之行對您有何益處？

您從此次歐洲之行中收穫到什麼？

Это путешествие по России пошло вам на пользу?
EHto puteshestvie po Rossii poshlo vam na polqzu?

🔘 Что вы можете получить из этого путешествия по Европе?

CHto vy mozhete poluchitq iz ehtogo puteshestvija po Evrope?

## 旅　行

| | |
|---|---|
| 您為什麼喜歡旅行嗎？ | Почему вы любите путешествие?<br>Pochemu vy ljubite puteshestvie? |
| 您為什麼喜歡看電視？ | 🔘 Почему вы так любите смотреть телевизор?<br>Pochemu vy tak ljubite smotretq televizor? |
| 您都去哪旅行過？ | Где вы путешествовали?<br>Gde vy puteshestvovali? |
| 我曾環遊歐洲。 | 🔘 Я путешествовал по Европе.<br>JA puteshestvoval po Evrope. |
| 國外旅行給我留下了深刻印象。 | Зарубежный туризм произнес на меня сильное впечатление.<br>Zarubezhnyj turizm proiznes na menja silqnoe vpechatlenie. |
| 給您印象最深的是哪次旅行？ | 🔘 Какой туризм произнес на вас сильное впечатление?<br>Kakoj turizm proiznes na vas silqnoe vpechatlenie? |
| 您能從旅行中學到什麼？ | Что вы можете получить из этого путешествия?<br>CHto vy mozhete poluchitq iz ehtogo puteshestvija? |
| 旅行教會我，如何友好的對待周圍環境。 | 🔘 Туризм научит меня, как дружно относиться к окружающей среде.<br>Turizm nauchit menja, kak druzhno otnositqsja k okruzhajuthej srede. |
| 現在越來越多的年輕人喜歡旅行。 | В настоящее время всё больше и больше молодежи любят путешествие.<br>V nastojathee vremja vsjo bolqshe i bolqshe molodezhi ljubjat puteshestvie. |
| 旅行已經成為人們生活中的一部分。 | 🔘 Путешествие уже стало частью нашей обычной жизни.<br>Puteshestvie uzhe stalo chastqju nashej obychnoj zhizni. |

您暑假有何打算？

Какой план у вас есть в летние каникулы?

Kakoj plan u vas estq v letnie kanikuly?

我打算周遊全國。

🔊 Я буду путешествовать по всей стране.

JA budu puteshestvovatq po vsej strane.

💡 "летние каникулы"，意為 "暑假"，同理，寒假意為 "зимние каникулы"。

您去過泰山嗎？

Вы были в горе Тайшань?

Vy byli v gore Tajshanq?

去過。我認為，泰山——中國最漂亮的山峰。

🔊 Были. Я думаю, что гора Тайшань — самая красивая гора в Китае.

Byli. JA dumaju, chto gora Tajshanq — samaja krasivaja gora v Kitae.

長城——聞名世界的旅遊景點。

Великая китайская стена — это всему миру известная достопримечательность.

Velikaja kitajskaja stena — ehto vsemu miru izvestnaja dostoprimechatelqnostq.

長城——這是中國的象徵。

🔊 Великая китайская стена — это символ Китая.

Velikaja kitajskaja stena — ehto simvol Kitaja.

💡 "великая китайская стена" 為固定譯法，譯為 "長城"，有時也可說 "великая стена"。

他自幼就有周遊世界的夢想。

Он с детства мечтает путешествовать по всему миру.

On s detstva mechtaet puteshestvovatq po vsemu miru.

周遊世界是許多孩子的夢想。

🔊 Путешествие по всему миру — это мечта многих детей.

Puteshestvie po vsemu miru — ehto mechta mnogix detej.

💡 "с детства" 固定片語，意為 "從幼年，從童年開始"，一般用於一般現在時。

深入話題

4

旅行

旅遊業已成為經濟
發展的重要組成部
分。

Туризм уже стал очень важной
составной частью в развитии
экономики.
Turizm uzhe stal ochenq vazhnoj
sostavnoj chastqju v razvitii
ehkonomiki.

旅遊業在經濟發展中佔
有重要角色。

Ⓢ Туризм играет очень важную роль в
развитии экономики.

Turizm igraet ochenq vazhnuju rolq v razvitii
ehkonomiki.

# Column 4：前置詞

## 一、什麼是前置詞

簡單地理解，就是跟在不及物動詞後面，需要接各種格的簡單字母。前置詞在俄語中的作用非常大，有一些不及物動詞可以直接接名詞的變格形式，比如заниматься чем（從事……），但是有的不及物動詞必須要通過前置詞才能表達它的意思，比如отказаться от кого-чего（拒絕……），這裏面的отказаться要表達到底是拒絕"什麼"的時候，必須要用前置詞от來連接後面的名詞。

## 二、俄語中常用的前置詞

**1，в, на**

俄語中這兩個前置詞很常用，在跟運動動詞連用的時候，這連個前置詞是要接第四格名詞的，比如приехать в Китай（來中國），這裏面的Китай就是四格形式。比如，приехать на завод（來工廠），這裏面в和на不是和好區分，在表示去往某地的時候一般情況下是用в的，但是特定的一些詞要用на，這是由後面的名詞決定的，比如завод（重工業工廠），фабрика（輕工業工廠）等等。這兩個前置詞也可以接第六格形式，в чём的意思是"在……裏"，на чём的意思是"在……上"。

**2，у**

俄語中的у很常用，這個前置詞接人稱代詞第二格的時候，表示"某人擁有……"。在接一些非動物名詞的時候，表示"在……旁邊"。У меня есть хорошая книга（我有一本好書），он стоит у фонтана（他站在噴泉旁邊）。

# *Chapter 5*

電話

# 打 錯 電 話

| 喂，您找誰？ | Алло! Кого вам надо?<br>Allo! Kogo vam nado? |
|---|---|
| 喂，您找誰？ | 🔊 Алло! Кому вы звоните?<br>Allo! Komu vy zvonite? |
| | ☆ "Алло" 意為 "喂，你好"，是電話常用問候語，相當於英語中的 "hello"，是打招呼用語。 |
| | ☆ 當詢問 "您找誰？" 時，一般用法為 "кому вам надо?" 或 "кому вы звоните"，有時候 "надо" 可以省略，口語中更常見用法為 "вам кого"，意為 "找哪位"。 |
| 您是誰？ | Кто у телефона?<br>Kto u telefona? |
| 我打給誰呢？ | 🔊 Кому я звоню?<br>Komu ja zvonju? |
| | ☆ 這兩個句式一般用於詢問 "對方是誰" 時的用法，是打電話者的用語，而 "кому вы звоните?" 意為 "您打給誰"，是接電話者的詢問用語，注意兩者之間的區別和差異，避免出現張冠李戴現像。 |
| 伊拉嗎？我是巴維爾。 | Ира? Это говорит Павел.<br>Ira? EHto govorit Pavel. |
| 對不起。您打錯了。 | 📞 Извините. Вы ошиблись номером.<br>Izvinite. Vy oshiblisq nomerom. |
| | ☆ 句式 "это говорит кто" 或省略動詞 "это кто"，為電話用語，意為 "我是某人"，此處это意為 "我是……"，為電話專用語，相當於英語中的 "this is ..."，同樣意為 "我是……"，從而將說話者性別隱去。 |
| | ☆ 另外，"對不起，您電話打錯了"，為電話中常用句式，俄語表述方式為 "извините, вы ошиблись номером" 或 "вы не туда попали"，注意記憶這兩個句式的靈活運用。 |

| | |
|---|---|
| 您好，是值班室嗎？ | Здравствуйте! Это дежурная? |
| | Zdravstvujte! EHto dezhurnaja? |
| 是的，您找哪位？ | 🔊 Да, вам кого надо. |
| | Da, vam kogo nado. |

💭 "здравствуйте"，為日常問候語，意為"您好"，是朋友間客套問候語，此候語多用於不太熟悉的人之間、下輩對長輩稱謂、對向多人問候及正式場合下。

💭 "это дежурная?"意為"這是值班室"嗎，это 後名詞用一格名詞表示，此句型同樣適用於電話用語中。

💭 "вам кого?"，前面已説，意為"您找誰、您找哪位？"

| | |
|---|---|
| 請問，可以叫一下伊萬嗎？ | Простите, пожалуйста, Ивана? |
| | Prostite, pozhalujsta, Ivana? |
| 可以找一下伊萬嗎？ | 🔊 Можно Ивана? |
| | Mozhno Ivana? |

💭 "простите, пожалуйста, кого"為電話常用片語，意為"麻煩找一下……"，注意此處"某人"的性數格變化，要用四格名詞。

💭 "тебя к телефону"意為"有人找你打電話、有人給你電話"，要格外注意名詞的用法，要用四格。例如：Максима к телефону. 意為（有人找馬克沁）。

| | |
|---|---|
| 您能告訴我電話號碼嗎？ | Вы не дадите мне ваш личный телефон? |
| | Vy ne dadite mne vash lichnyj telefon? |
| 請給一下您的電話。 | 🔊 Дайте, пожалуйста, ваш телефон. |
| | Dajte, pozhalujsta, vash telefon. |

💭 "Вы не дадите мне...？"意為"您能給我……嗎？"，這是客氣問候語，意在向對方借某物，要求對方給某物，其中常用否定詞не表示委婉語氣，例如：вы не могли бы сказать мне ваш телефон?意為"您能告訴我您的電話嗎？"，"вы не скажите, где находится ваш институт?"中"вы не скажите,"表示"您能不能告訴我……"，其中не不表示否定含義，只是為了使語氣更委婉一些。

| | |
|---|---|
| 您知道院裏的電話嗎？<br><br>您知道你們大學的電話嗎？ | Вы не знаете телефон вашего института?<br>Vy ne znaete telefon vashego instituta?<br><br>🔊 Вы не знаете телефон вашего университета?<br>Vy ne znaete telefon vashego universiteta?<br><br>💡 "вы не знаете ..." 意為 "您知道……"，同例如上，此處не 不表示否定意思，只是為了使語氣更委婉表達。<br><br>電話號碼的讀法 "триста тридцать шесть- тридцать шесть- восемьдесят шесть" 或者 "три, три, шесть-три, восемь-восемь, шесть" 一般來說，自後向前劃分，兩兩一組劃分，最後出現三個數字的單獨成組，讀作百位元數字，這是一種讀法，另外還可單獨讀出每一位元上的數字，如同第二種讀法，但仍需劃分，口語表達中要按照劃分情況停頓，如同第二種讀法。 |
| 早上好。我是……<br><br>上午好。我是…… | Доброе утро. Это говорит ...<br>Dobroe utro. EHto govorit ...<br><br>🔊 Добрый день. У телефона ...<br>Dobryj denq. U telefona ...<br><br>💡 "добрый день" "доброе утро" 等為特定時間下的問候語，但同樣適用於電話問候中。<br><br>💡 另外，表示 "我是……" 可以使用的表述有 "это кто" "это говорит кто" "у телефона кто"，注意人名、地名等名詞全部為一格，不能變化。 |
| 喂，這是……公司。<br><br>喂，這是……公司。 | Алло, С вами говорят из фирмы ......<br>Allo, S vami govorjat iz firmy ......<br><br>🔊 Алло, фирма ...... Слушаю вас.<br>Allo, firma ...... Slushaju vas.<br><br>💡 "с вами говорят из фирмы..." 字面意思為 "與您說話的是來自……公司的人"，即："這是……公司。其中需要格外注意此處 "говорят"，為不定人稱句，並未指出是誰，就像 "有人找您" 翻譯為 "вас звонят" 一樣，無需指出其主語。 |

您可能打錯（撥錯）號碼了。

您撥錯號碼了。

Вы, должно быть, ошиблись (номером).
Vy, dolzhno bytq, oshiblisq (nomerom).

🔊 Вы неправильно набрали номер.
Vy nepravilqno nabrali nomer.

💡 "должно быть"，用作插入語，意為 "可能"、"大概"，大致等同於 "может быть"（可能）。

💡 "ошибиться номером" 意為 "號碼錯了"。注意 "ошибиться" 的變位比較特殊，"ошибусь, ошибешься, ошибутся"，後接五格名詞，需要注意，當然了，表示打錯電話還可以使用第二種句型，即："неправильно набрать номер"，其中 "набрать номер" 為固定片語，意為 "撥打電話"，"неправильно" 修飾動詞 "набрать"，表方式。

對不起，這裏是別人家（別的公司）。

我們這裏沒有這個人。

Извините, это совсем другая квартира (фирма).
Izvinite, ehto sovsem drugaja kvartira (firma).

🔊 Здесь такого (такой) нет.
Zdesq takogo (takoj) net.

💡 "нет такого /такой" 這一句式需要注意，"такого/такой" 為二格形式，因為句中 нет 表示否定，其後用二格形式表示。

## 電 話 干 擾

| | |
|---|---|
| 請問，最近的公用電話在哪兒？ | Простите, где здесь ближайший таксофон? |
| | Prostite, gde zdesq blizhajshij taksofon? |
| 對不起，能不能告訴我公用電話怎麼用？ | 🔊 Простите, вы не скажите, как использовать таксофон? |
| | Prostite, vy ne skazhite, kak ispolqzovatq taksofon? |
| | ☼ 此處需要注意一個單詞 "таксофон"，意為 "投幣式電話、自動收費公用電話"。 |
| 我聽不清您的話。 | Я вас не слышу. |
| | JA vas ne slyshu. |
| 我聽不清您的話。 | 🔊 Вас не слышно. |
| | Vas ne slyshno. |
| | ☼ "кому слышно что" 為無人稱句，原意為 "……對某人來説是聽得見的"，即：某人聽得見……，這樣的表述更客觀一些，強調客觀性。 |
| 對不起，我聽不清。 | Извините, плохо слышу. |
| | Izvinite, ploxo slyshu. |
| 對不起，我沒聽清楚您的話。 | 🔊 Простите, я вас не расслышал (-а). |
| | Prostite, ja vas ne rasslyshal (-a). |
| | ☼ "извините" 與 "простите" 是一對對應道歉語，一般來説，"простите" 表達的歉意比 "извините" 稍微輕一些，很多情況下是出於禮貌用語，並非真做了傷害他人的事，而 "извините" 表示的 "道歉" 更真實、確切一些。 |

我聽不清楚您的話，請您再重打一次。

聽不清楚，我再重打一次。

Вас плохо слышно. Перезвоните, пожалуйста.
Vas ploxo slyshno. Perezvonite, pozhalujsta.

Вас плохо слышно. Я перезвоню.
Vas ploxo slyshno. JA perezvonju.

"перезвонить" 意為 "重撥、重打電話"，這一單詞中需要注意首碼 "пере-"，這一首碼多表示 "重新、再次" 等意思。比如 "переподготовка" 意為 "重新培訓、在培訓" 等。

請問，您在説什麼？

请大聲點兒！

Простите, что вы сказали?
Prostite, chto vy skazali?

Говорите, пожалуйста, громче!
Govorite, pozhalujsta, gromche!

"говорите，пожалуйста，громче" 這一小句為命令式，表示命令、強制的語氣，多用於要求某人幹某事，多少帶有命令、強調之意。

我打不通。

電話斷了。

Я не дозвонился.
JA ne dozvonilsja.

Нас разъединили. (нас прервали.)
Nas razqhedinili. (nas prervali.)

"Я не дозвонился." 這句中的重點辭彙是 "дозвониться"，未完成體動詞，其接格用法是： "дозвониться до кого"，意為 "打通、接通某人"。

"прервать" 與 "разъединить" 意為 "分離、中斷" 之意，此處用於表示 "電話線路中斷" 之意。

請撥打正確的號碼。

謝謝。我會核對一下電話的。

Набирайте правильный номер.
Nabirajte pravilqnyj nomer.

Спасибо. Буду утверждать наш телефон.
Spasibo. Budu utverzhdatq nash telefon.

電話

5

電話干擾

| | |
|---|---|
| 有電話找你（您）！<br><br>請你（您）拿起電話！ | Тебя (вас) к телефону!<br>Tebja (vas) k telefonu!<br><br>🔊 Возьми (те), пожалуйста, трубку!<br>Vozqmi (te), pozhalujsta, trubku!<br><br>💡 "кого к телефону" 為一範式，多用<br>於電話中，意為"電話找某人、某人<br>來電話了"之意。 |
| 請問，我可以預定<br>和加拿大通話嗎？<br><br>我想預定和加拿大的通<br>話。 | Скажите, мне можно заказать<br>разговор с Канадой?<br>Skazhite, mne mozhno zakazatq<br>razgovor s Kanadoj?<br><br>🔊 Я хотел бы заказать разговор с Канадой.<br>JA xotel by zakazatq razgovor s Kanadoj.<br><br>💡 "заказать разговор с кем" 意為"預<br>定於某人通話"，該句式都出現電話<br>出現早期，打電話需要預定時。 |
| 您給安娜打通電話<br>了嗎？<br><br>沒有。打不通。 | Вы дозвонились до Анны?<br>Vy dozvonilisq do Anny?<br><br>🔊 Нет. Не дозвонился.<br>Net. Ne dozvonilsja. |
| 謝謝您的來電。<br><br>等您的電話。 | Спасибо, что позвонили.<br>Spasibo, chto pozvonili.<br><br>📞 Жду вашего звонка.<br>ZHdu vashego zvonka. |
| 我想預定15分鐘和<br>北京的長途電話，<br>家裏的電話號碼為<br>**336-38-86**。<br><br>稍等片刻。現在電話工<br>作有點不好。 | Мне нужно заказать пятиминутный<br>разговор с Пекином, телефон<br>домашний, номер 336-38-86.<br>Mne nuzhno zakazatq pjatiminutnyj<br>razgovor s Pekinom, telefon<br>domashnij, nomer 336-38-86.<br><br>🔊 Минуточку. Сейчас телефон чуть плохо<br>работает.<br>Minutochku. Sejchas telefon chutq ploxo<br>rabotaet. |

# 受 話 人 不 在

**你給安東打電話了嗎？**

你告訴安東了嗎？

**Вы звонили Антону?**
**Vy zvonili Antonu?**

⊜ Ты сказал Антону?
Ty skazal Antonu?

---

**沒人接。**

沒人接。

**Никто не подходит.**
**Nikto ne podxodit.**

⊜ Никто не отвечает.
Nikto ne otvechaet.

☼ 表示"電話無人接聽"的常用表達方法就這三種，多用於電話答語中。"подходить"意為"接近、走進"，表示方向上靠近目標，"никто не подходит"字面意思是，"沒人靠近（接電話）"，即：無人接聽電話，此句用法與"никто не у телефона"相近，字面意思為"電話旁無人"，意指"無人接聽"。

☼ "отвечать"意為"回答"，常用語法搭配為"отвечать кому на что"，意為"回答某人的某事（問題）"，此處表示無人接聽電話，注意不同場合下的靈活運用。

---

**很快就上課了，安娜怎麼還沒來？**

她打來電話說，她今天生病了，來不了了。

**Скоро будет урок. Почему Анна всё еще не пришла?**
**Skoro budet urok. Pochemu Anna vsjo ethe ne prishla?**

☞ Она позвонила и сказала, что она не может прийти из-за болезни.
Ona pozvonila i skazala, chto ona ne mozhet prijti iz-za bolezni.

☼ "не может прийти из-за болезни"中需要注意介詞"из-за"的用法，後接二格名詞，表示原因，此原因多為消極、不好的原因。

| | |
|---|---|
| 我經常給他打電話，但經常沒人接電話。 | Я часто ему звоню, но часто бывает, что никто не отвечает.<br>JA chasto emu zvonju, no chasto byvaet, chto nikto ne otvechaet. |
| 他經常不帶手機。 | 🔘 Он часто не берет с собой телефон.<br>On chasto ne beret s soboj telefon. |
| | ☼ "часто бывает, что ..." 意為 "……很常見"，為固定用法，要學會以此句式，舉一反三。 |
| 很多大學生經常上課遲到，這是常有的事。 | Часто бывает, что многие студенты часто опаздывают на урок.<br>CHasto byvaet, chto mnogie studenty chasto opazdyvajut na urok. |
| 電話已經成為生活中的必需品。 | Телефон уже стал необходимой частью нашей жизни.<br>Telefon uzhe stal neobxodimoj chastqju nashej zhizni. |
| 電話的出現改變了我們的生活方式。 | 🔘 Появление телефона изменяет наши способы жизни.<br>Pojavlenie telefona izmenjaet nashi sposoby zhizni. |
| 你最近忙什麼呢？打電話也沒人接。 | Что ты делаешь в последние дни? Я звонил, но никто не отвечал.<br>CHto ty delaeshq v poslednie dni? JA zvonil, no nikto ne otvechal. |
| 哦，我有點其他事。 | 📞 Да, у меня другие дела.<br>Da, u menja drugie dela. |
| | ☼ "Что ты делаешь в последние дни?" 中 "Что ты делаешь" 為習慣性問語，"最近忙什麼呢，你在幹什麼"。 |
| 您好，麻煩找一下王先生。 | Здравствуйте. Можно господина Ван?<br>Zdravstvujte. Mozhno gospodina Van? |
| 他不在家。有什麼需要轉達的嗎？ | 📞 Его нет дома. Что вам передатq?<br>Ego net doma. CHto vam peredatq? |
| | ☼ "можно кого？" 為常用句型，意為 "可以（找）某人嗎？"，電話用語中更常見。 |

您能給王先生打個
電話嗎？

Вы не могли бы позвонить
господину Ван?

Vy ne mogli by pozvonitq
gospodinu Van?

對不起。他正在出差。
不方便接聽電話。

📮 Извините. Сейчас он уехал в командировку.
Не удобно отвечать на ваш телефон.

Izvinite. Sejchas on uexal v komandirovku.
Ne udobno otvechatq na vash telefon.

稍等一下，他（她）
這就來。

Минуточку. Он (Она) сейчас подойдёт.
Minutochku. On (Ona) sejchas podojdjot.

請等一下，我就去叫
他。

📮 Подождите, сейчас я позову.
Podozhdite, sejchas ja pozovu.

電話

**5**

受話人不在

## 受 話 人 正 和 別 人 通 電 話

| | |
|---|---|
| **您找誰？** | Кто вам нужен? |
| | Kto vam nuzhen? |
| 您找誰？ | Ⓜ Кого вам надо (вам кого)? |
| | Kogo vam nado (vam kogo)? |
| **佔線。** | Занято. |
| | Zanjato. |
| 電話佔線。 | Ⓜ Телефон занят. |
| | Telefon zanjat. |
| **馬克沁很忙，給他打電話經常佔線。** | Максим очень занят, занят и еще его телефон. |
| | Maksim ochenq zanjat, zanjat i ethe ego telefon. |
| 電話佔線，意味着他在打電話。 | Ⓜ То, что телефон занят, значит, он кому-то звонит. |
| | To, chto telefon zanjat, znachit, on komu-to zvonit. |
| **你碰到過電話佔線的時候嗎？** | Бывает ли у вас, когда ваш телефон занят? |
| | Byvaet li u vas, kogda vash telefon zanjat? |
| 碰到過，不止一次。 | 🗨 Да, конечно. Не раз. |
| | Da, konechno. Ne raz. |
| **如果電話佔線，你會怎麼做？** | Что вы будете делать в случаях занятости телефона? |
| | CHto vy budete delatq v sluchajax zanjatosti telefona? |
| 等對方回撥過來。 | 🗨 Жду звонка от него. |
| | ZHdu zvonka ot nego. |
| | 💡 "что вы будете делать？" 意為 "您將做什麼？"，表示詢問對方的意圖、打算，быть表將來。 |

您一週往家裏打幾
次電話？

兩次。但一般家裏沒
人。

Сколько раз вы часто звоните
домой?

Skolqko raz vy chasto zvonite
domoj?

🗨 Два раза. Но часто бывает, что дома нет
никого.

Dva raza. No chasto byvaet, chto doma net
nikogo.

💡 "звонить кому /куда" 意為 "打電話給
誰/到哪"，表示 "電話的去向"。

你能想像沒有電話
的日子嗎？

我覺得，我的生活已經
離不開電話。

Вы не можете представить себе
жизнь без телефона?

Vy ne mozhete predstavitq sebe
zhiznq bez telefona?

🗨 Я думаю, моя жизнь уже не может
отделиться с телефоном.

JA dumaju, moja zhiznq uzhe ne mozhet
otdelitqsja s telefonom.

每次出門你經常做
的事是什麼？

看一下，電話帶了嗎。

Что вы обычно делаете перед
отъездом от дома?

CHto vy obychno delaete pered
otqhezdom ot doma?

🗨 Проверяю, взял ли я телефон.

Proverjaju, vzjal li ja telefon.

他每天都給女朋友
打電話？

他喜歡打電話。

Он каждый день звонил свой
подруге?

On kazhdyj denq zvonil svoj
podruge?

🔊 Он любит звонить.

On ljubit zvonitq.

## 深 夜 通 電 話

喂？睡了嗎？

怎麼還沒睡？有事嗎？

Алло? Вы уже спали?
Allo? Vy uzhe spali?

⊛ Почему еще не спали? В чём дело?
Pochemu ethe ne spali? V chjom delo?

☼ "алло" 電話用語，意為 "喂"，相
當於英語中的 "hello"，"hi"。

---

弟弟在幹什麼呢？

安東在幹什麼呢？

Что делает мой брат?
CHto delaet moj brat?

⊛ Что делает Антон?
CHto delaet Anton?

---

怎麼這麼晚了還沒
睡？

你為什麼蹺課？

Почему так поздно еще не спали?
Pochemu tak pozdno ethe ne spali?

⊛ Почему ты прогулял урок?
Pochemu ty proguljal urok?

---

打擾了，這麼晚給
你打電話。

可以耽誤您幾分鐘時間
嗎？

Простите, так поздно тебе звонил.
Prostite, tak pozdno tebe zvonil.

⊛ Можно мешать вам несколько минут?
Mozhno meshatq vam neskolqko minut?

☼ "простите" 意為 "打擾，抱歉"，
為客套用語，表示歉意。

---

你深夜給別人打過
電話嗎？

打過啊，每天我都跟女
友打電話聊到很晚。

Вы звонили кому-то в полночь?
Vy zvonili komu-to v polnochq?

⊛ Звонил, каждую ночь я звонил моей
подруге до Полуночи.
Zvonil, kazhduju nochq ja zvonil moej
podruge do Polunochi.

---

你們這麼晚都聊些
什麼？

我們談天說地，也就是
無話不談。

О чем вы говорите так поздно?
O chem vy govorite tak pozdno?

⊛ Мы говорим о том, о сем, то есть, об всем.
My govorim o tom, o sem, to estq, ob vsjom.

| | |
|---|---|
| 你們一般談論什麼話題？ | На какую тему вы обычно разговаривали?<br>Na kakuju temu vy obychno razgovarivali? |
| 你們暑假做什麼？ | 🔊 Что вы делаете в летние каникулы?<br>CHto vy delaete v letnie kanikuly? |

💡 "На какую тему вы обычно разговаривали?" 意為 "你們一般談論什麼話題"，"на какую тему" 意為 "關於某話題"，其同義表述為 "по какой теме"、"о кокой теме"。這三個片語意思相近，可以同義替換。

| | |
|---|---|
| 你經常給朋友打電話嗎？ | Вы часто звонят своим друзьям?<br>Vy chasto zvonjat svoim druzqjam? |
| 你經常去他家做客嗎？ | 🔊 Вы часто приходите к нему в гости?<br>Vy chasto prixodite k nemu v gosti? |

| | |
|---|---|
| 您有過徹夜不睡的時候嗎？ | Были когда-то, что целой ночью вам не спалось?<br>Byli kogda-to, chto celoj nochqju vam ne spalosq? |
| 常有的事。 | 📣 Это дело часто бывает.<br>EHto delo chasto byvaet. |

| | |
|---|---|
| 深夜你最煩的事是什麼？ | Какое дело вам надоест?<br>Kakoe delo vam nadoest? |
| 你最喜歡的事兒是什麼？ | 🔊 Что вам нравится?<br>CHto vam nravitsja? |

| | |
|---|---|
| 你多長時間給父母打一次電話？ | Как часто вы звонили своим родителям?<br>Kak chasto vy zvonili svoim roditeljam? |
| 你多長時間往家裏寫一封信？ | 🔊 Как часто вы писали письмо членам семьи?<br>Kak chasto vy pisali pisqmo chlenam semqi? |

💡 "как часто" 意為 "多長時間一次"，表頻率，等同於英語中的 "how often"；"Два раза в неделю." 意為 "一週兩次"，是對 "как часто" 的答語。

電話

**5**

深夜通電話

# 太 晚 回 覆 電 話

| | |
|---|---|
| 昨天你為什麼不接我電話？ | Почему ты не ответил на мой телефон? |
| | Pochemu ty ne otvetil na moj telefon? |
| 你昨天為什麼生氣？ | 🔊 Почему ты сердился вчера? |
| | Pochemu ty serdilsja vchera? |
| | 💡 "ответить на телефон" 意為 "接電話"，與此同義的一個片語是 "взять трубку"，字面意思為 "接起聽筒"，意為 "接電話"。 |
| 請記下這個電話號碼。 | Запишите этот телефонный номер. |
| | Zapishite ehtot telefonnyj nomer. |
| 別忘了這個電話號碼。 | 🔊 Не забудь этот телефонный номер. |
| | Ne zabudq ehtot telefonnyj nomer. |
| 對不起，這麼晚給您電話。 | Простите, что так поздно вам звонил. |
| | Prostite, chto tak pozdno vam zvonil. |
| 對不起，打擾了。 | 🔊 Извините, мешаю вас. |
| | Izvinite, meshaju vas. |
| | 💡 "простите!" 表示委婉的道歉，道歉程度較低，有時候大致相當於中文中 "不好意思，打擾一下"，相當於英語中 "excuse me"；對應的 "извините" 表示的道歉更真實，意為 "原諒我吧"，相當於英語中的 "sorry"，注意區別這兩個詞的道歉程度。 |
| 我們在哪聚頭見面？ | Где мы встречались? |
| | Gde my vstrechalisq? |
| 到時候電話聯繫。 | 🏹 Тогда сообщаемся по телефону. |
| | Togda soobthaemsja po telefonu. |
| 您一般幾點睡覺？ | Когда вы обычно ложитесь спать? |
| | Kogda vy obychno lozhitesq spatq? |
| 如果不晚於10點，請給我回撥個電話。 | 🔊 Если не позже 10 часов, то позвоните мне. |
| | Esli ne pozzhe 10 chasov, to pozvonite mne. |

| | |
|---|---|
| 那要看我什麼心情了。<br><br>那要看我什麼時候忙完工作了。 | Всё зависит от того, какое у меня настроение.<br>Vsjo zavisit ot togo, kakoe u menja nastroenie.<br><br>⑤ Всё зависит от того, когда я выполняю свою работу.<br>Vsjo zavisit ot togo, kogda ja vypolnjaju svoju rabotu. |
| 如果我早點忙完，我會給你電話的。<br><br>我會等你電話，只是別太晚。 | Если я раньше выполняю свою работу, то я буду звонить тебе.<br>Esli ja ranqshe vypolnjaju svoju rabotu, to ja budu zvonitq tebe.<br><br>⑤ Я буду ждать вашего телефона, только не очень поздно.<br>JA budu zhdatq vashego telefona, tolqko ne ochenq pozdno. |
| 他現在去吃飯了，有什麼要轉達的嗎？<br><br>不用了，謝謝。他回來後請他給我撥個電話。 | Он идет на обед. Что ему передать?<br>On idet na obed. CHto emu peredatq?<br><br>🔊 Спасибо. Прошу говорить ему, чтобы он позвонил мне , когда он вернулся.<br>Spasibo. Proshu govoritq emu, chtoby on pozvonil mne , kogda on vernulsja.<br><br>💭 "что ему передать?" 為常用電話用語，意為"有什麼要轉達他的嗎？"，另外，口語中經常出現的"чем вам помочь" 意為"有什麼需要我幫助的嗎？"相當於英語中的"May i help you？"。 |
| 您一般幾點下班？<br><br>好的。我會盡量五點前給你回撥電話的。 | Когда вы обычно окончите свою работу?<br>Kogda vy obychno okonchite svoju rabotu?<br><br>🔊 Хорошо. Я как можно звоню обратно тебе до 5 часов.<br>Xorosho. JA kak mozhno zvonju obratno tebe do 5 chasov. |

電話

5

太晚回覆電話

152.mp3

對不起，昨天我忘了給你回撥電話了。

沒事，這幾天你也確實太忙了。

如果別人給你打電話時而你又不在時，回撥電話是一種禮貌。

我完全同意你的觀點。

Извините, что я забыл звонить вам обратно.
Izvinite, chto ja zabyl zvonitq vam obratno.

Не за что, за последние дни вы действительно очень заняты.
Ne za chto, za poslednie dni vy dejstvitelqno ochenq zanjaty.

Если кто-то позвонил и ты тогда не у телефона, это вежливость позвонить обратно.
Esli kto-to pozvonil i ty togda ne u telefona, ehto vezhlivostq pozvonitq obratno.

Я совсем согласен с этим.
JA sovsem soglasen s ehtim.

## 借 用 電 話

| | |
|---|---|
| **我可否借用電話？**<br><br>我可以借用一下你的鉛筆？ | Можно ли воспользоваться телефоном?<br>Mozhno li vospolqzovatqsja telefonom?<br><br>🔊 Можно ли воспользоваться карандашом от вас?<br>Mozhno li vospolqzovatqsja grubashkoj ot vas? |
| **我想用一下你的手機。**<br><br>把你的手機給我用一下吧。 | Я хотел бы попользоваться вашим телефоном.<br>JA xotel by popolqzovatqsja vashim telefonom.<br><br>🔊 Дайте мне ваш телефон для пользования.<br>Dajte mne vash telefon dlja polqzovanija. |
| **請問，您有電話嗎？**<br><br>對不起，我沒帶。 | Скажите, у вас есть телефон?<br>Skazhite, u vas estq telefon?<br><br>🗣 Извините, я не взял с собой.<br>Izvinite, ja ne vzjal s soboj. |
| **請問，幾點了？**<br><br>稍等。我看一下手機。 | Скажите, который час сейчас?<br>Skazhite. kotoryj chas sejchas?<br><br>🗣 Минуточку. Я посмотрю телефон.<br>Minutochku. JA posmotrju telefon. |
| **您好，請問，您的手機是什麼牌子的？**<br><br>這是國產牌子。 | Здравствуйте, скажите, какая марка у вашего телефона?<br>Zdravstvujte, skazhite, kakaja marka u vashego telefona?<br><br>🗣 Это отечественная марка.<br>EHto otechestvennaja marka.<br><br>☼ "здравствуйте"，最常見問候語，意為"您好"，多用於正式場合或下級對上級的稱呼中。 |
| **今天我出來的太匆忙了，忘了帶手機。**<br><br>那你用我的電話吧。 | Сегодня я ушел из дома слишком торопливо, я забыл взять с собой телефон.<br>Segodnja ja ushel iz doma slishkom toroplivo, ja zabyl vzjatq s soboj telefon.<br><br>🗣 Тогда пользуйтесь моим телефоном.<br>Togda polqzujtesq moim telefonom. |

電話

**5**

借用電話

今天有人用過你的
電話嗎？

是的。今天坐公車時有
個年輕人用過。

Сегодня кто-то пользовался
твоим телефоном?
Segodnja kto-to polqzovalsja tvoim
telefonom?

🔊 Да, сегодня на автобусе какой-то
молодой человек пользовался моим
телефоном.

Da, segodnja na avtobuse kakoj-to
chelovek polqzovalsja moim telefonom.

💡 "кто-то"，不定代詞，意為"某
人"，指的是"有個人"，但說話者
並不明確知道是誰，只知有這麼回
事；與此對應的"кое-кто"是指"有
個人"，說話者知道該人，但由於
各種原因並未指出該人身份。同理
"какой-то"也有此意，說話者也只
知有此人，但不知此人是誰。

這個號碼是誰的
啊？我怎麼沒見
過。

別擔心。今天一朋友用
我的電話打的。

Это чей номер телефона? Я
никогда не видел этого номера.
EHto chej nomer telefona? JA
nikogda ne videl ehtogo nomera.

🔊 Не беспокойтесь. Сегодня один друг
пользовался моим телефоном.

Ne bespokojtesq. Segodnja odin drug
polqzovalsja moim telefonom.

請問，你這個電話
怎麼用？

首先按動一下這個按
鈕。

Скажите, как пользоваться твоим
телефоном?
Skazhite, kak polqzovatqsja tvoim
telefonom?

🔊 Сначала надо нажать эту кнопку.

Snachala nado nazhatq ehtu knopku.

謝謝你借給我電
話，要不我今天就
遲到了。

謝謝您的邀請。

Спасибо за то, что вы дали мне
ваш телефон, иначе я было
опаздываю.
Spasibo za to, chto vy dali mne
vash telefon, inache ja bylo
opazdyvaju.

🔊 Спасибо за ваше приглашение.

Spasiqo za vashe priglashenie.

💡 "иначе"意為"〈口〉否則，要不
然"。

## 通 信 工 具

| | |
|---|---|
| 我要往聖彼德堡發一封航空信。 | Мне нужно послать авиаписьмо в Санкт-петербург.<br>Mne nuzhno poslatq aviapisqmo v Sankt-peterburg.<br>🔊 Мне нужно послать авиаписьмо в Москву.<br>Mne nuzhno poslatq aviapisqmo v Moskvu. |
| 我要往莫斯科發一封航空信。 | |
| 郵這封掛號信多少錢？ | Сколько стоит отправка этого заказного письма?<br>Skolqko stoit otpravka ehtogo zakaznogo pisqma?<br>🔊 Сколько с меня?<br>Skolqko s menja? |
| 我得交多少錢？ | |
| 平郵可以直接投入信箱。 | Простое письмо может быть опущено прямо в почтовый ящик.<br>Prostoe pisqmo mozhet bytq oputheno prjamo v pochtovyj jathik.<br>📢 Я забыл опустить письмо в точтовый ящик.<br>JA zabyl opustitq pisqmo v tochtovyj jathik. |
| 我忘記將信投入信箱了。 | |
| 這封信超重了。 | Это письмо тяжелее нормы.<br>EHto pisqmo tjazhelee normy.<br>🔊 Письмо нельзя тяжелее нормы.<br>Pisqmo nelqzja tjazhelee normy. |
| 信不可以超重。 | |
| 有我的信嗎？ | Есть ли письмо на моё имя?<br>Estq li pisqmo na mojo imja?<br>🔊 Есть ли письмо на Антона?<br>Estq li pisqmo na Antona? |
| 有安東的信嗎？ | |
| 我要往中國郵寄包裹。 | Я хочу послать посылку в Китай.<br>JA xochu poslatq posylku v Kitaj.<br>🔊 Я хочу послать посылку в США.<br>JA xochu poslatq posylku v SSHA. |
| 我要往美國郵寄包裹。 | |

| | |
|---|---|
| 我把護照忘在家裏了。我該怎麼辦？ | Я забыл дома паспорт. Что мне делать?<br>JA zabyl doma pasport. CHto mne delatq? |
| 我把飛機票落在家裏了，我該怎麼辦？ | 🔊 Я забыл билет на самолёт, что мне делать?<br>JA zabyl bilet na samoljot, chto mne delatq? |
| 這就是對自己的包裹估價，它值多少錢。 | Просто оценить свою посылку--сколько она стоит.<br>Prosto ocenitq svoju posylku--skolqko ona stoit. |
| 您的包裹大概值多少錢？ | 🔊 Сколько ваша посылка стоит?<br>Skolqko vasha posylka stoit? |
| 架子上有填好的樣單，您填起來不會有困難的。 | На стенде есть образцы заполнения бланков, вам нетрудно будет его заполнить.<br>Na stende estq obrazcy zapolnenija blankov, vam netrudno budet ego zapolnitq. |
| 請您填寫以下單子。 | 📣 Заполните бланк, пожалуйста.<br>Zapolinite blank, pozhalujsta. |
| 年輕人，我的信封寫得對嗎？ | Молодой человек, правильно ли я подписала конверт?<br>Molodoj chelovek, pravilqno li ja podpisala konvert? |
| 姑娘，我的信超重了嗎？ | 🔊 Девушка, моё письмо тяжелее нормы?<br>Devushka, mojo pisqmo tjazhelee normy? |
| 現在我明白了，那這封信就寄不到了？ | Сейчас я поняла. А что, так письмо не дойдёт?<br>Sejchas ja ponjala. A chto, tak pisqmo ne dojdjot? |
| 這封信能寄到嗎？ | 🔊 Это письмо не дойдёт?<br>EHto pisqmo ne dojdjot? |

🔴 157.mp3

請問，可以往國外
郵寄印刷品嗎？

可以往俄羅斯寄信嗎？

Скажите, пожалуйста, можно ли
отправить бандероль за границу?
Skazhite, pozhalujsta, mozhno li
otpravitq banderolq za granicu?

🔊 Можно послать писмо в Россию?
　Mozhno poslatq pismo v Rossiju?

💡 Ли表示的意思是"可以不可以"，一
般情況用在動詞或者是副詞的後面，
表示疑問，但是整個句子中不出現疑
問詞，卻能達到疑問的效果。

請吧。把對方的傳
真號和材料給我。

請把你的地址給我。

Пожалуйста. Дайте мне номер
факса получателя и материал.
Pozhalujsta. Dajte mne nomer
faksa poluchatelja i material.

🔊 Дайте мне ваш адрес.
　Dajte mne vash adres.

電話

5

通信工具

## 電 話 交 談

| | |
|---|---|
| 您的電話號碼是多少？ | Какой у вас номер телефона?<br>Kakoj u vas nomer telefona? |
| 您父親的電話號碼是多少？ | 🔊 Какой у вашего отца номер телефона?<br>Kakoj u vashego otca nomer telefona? |
| 這是您的宅電還是單位的電話？ | Это ваш домашний или служебный телефон?<br>Ehto vash domashnij ili sluzhebnyj telefon? |
| 這是您妹妹的電話號碼嗎？ | 🔊 Это номер телефона вашей сестры?<br>Ehto nomer telefona vashej sestry? |
| 您找誰？ | Кого вам надо?<br>Kogo vam nado? |
| 您需要什麼？ | 🔊 Что вам надо?<br>CHto vam nado? |
| 他沒在家。 | Его нет дома.<br>Ego net doma. |
| 他出去了。 | 🔊 Он вышел.<br>On vyshel. |
| 請叫一下陳工程師接電話。 | Позовите к телефону инженера Чэня.<br>Pozovite k telefonu inzhenera CHehnja. |
| 請叫安東接電話。 | 🔊 Позовите к телефону Антона.<br>Pozovite k telefonu Antona. |
| 對不起，您是校長嗎？ | Извините, это директор школы?<br>Izvinite, ehto direktor shkoly? |
| 對不起，這是我的錯。 | 🔊 Это моя ошибка.<br>EHto moja oshibka. |

| | |
|---|---|
| 他出去了。請半個小時以後再打。<br><br>他上班去了，請半個小時以後再打。 | Он вышел. Позвоните через полчаса.<br>On vyshel. Pozvonite cherez polchasa.<br><br>🔊 Он вышел на работу. Позвоните через полчаса.<br>On vyshel na rabotu. Pozvonite cherez polchasa. |
| 好的。我一定轉告。<br><br>請轉告我的媽媽。 | Хорошо. Передам обязательно.<br>Xorosho. Peredam objazatelno.<br><br>🔊 Передай моей маме.<br>Peredaj moej mame. |
| 妮娜，你的電話。<br><br>安東，找你的。 | Нина, тебя к телефону.<br>Nina, tebja k telefonu.<br><br>🔊 Антон, вас к телефону.<br>Anton, vas k telefonu. |
| 我聽不清楚您説什麼。<br><br>我就是。 | Я вас плохо слышу.<br>JA vas ploxo slyshu.<br><br>🔊 Слушаю вас.<br>Slushaju vas. |
| 對不起，我打錯了。<br><br>對不起，這是我的錯。 | Извините, я не туда попала.<br>Izvinite, ja ne tuda popala.<br><br>🔊 Извините, это моя ошибка.<br>Izvinite, ehto moja oshibka. |
| 您的分機號碼是多少？<br><br>您的電話號碼是多少？ | Какой ваш добавочный номер?<br>Kakoj vash dobavochnyj nomer?<br><br>🔊 Какой ваш номер телефона?<br>Kakoj vash nomer telefona? |
| 我用手機給她打了電話。<br><br>我已經用手機給經理打過電話啦。 | Я ей позвонил по мобильному телефону.<br>JA ej pozvonil po mobilqnomu telefonu.<br><br>🔊 Я уже позвонил директору по мобильному телефону.<br>JA uzhe pozvonil direktoru po mobilqnomu telefonu. |

| | |
|---|---|
| 既然您正在開會，我過一會兒再給你打吧。<br><br>我明天再打給您。 | Раз у тебя сейчас собрание, то я тебе потом перезвоню.<br>Raz u tebja sejchas sobranie, to ja tebe potom perezvonju.<br>🔊 Я позвоню вам завтра.<br>JA pozvonju vam zavtra. |
| 我們提供24小時服務。<br><br>我們不提供那種服務。 | Мы предоставляем круглосуточное обслуживание.<br>My predostavljaem kruglosutochnoe obsluzhivanie.<br>🔊 Мы не предоставляем то обслуживание.<br>My ne predostavljaem to obsluzhivanie. |
| 您是哪一位？<br><br>您找誰？ | Кто это говорит?<br>Kto ehto govorit?<br>🔊 Кого вы хотите?<br>Kogo vy xotite? |
| 我要找國際聯絡處主任。<br><br>我找你們經理。 | Мне нужен начальник управления международных связей.<br>Mne nuzhen nachalqnik upravlenija mezhdunarodnyx svjazej.<br>🔊 Мне нужен ваш директор.<br>Mne nuzhen vash direktor. |

# Column 5：形容詞的性、數

俄語中，形容詞的性、數都要同後面所修飾名詞的性、數保持一致。

一、形容詞的性。

由於俄語中的名詞分為陽性，中性，陰性，這就要求它前面的形容詞也要有相應的變化。比如стол（桌子）是陽性名詞，在修飾這個名詞的時候，形容詞的詞尾一般是以ый或者是ий結尾的，比如хороший стол（漂亮的桌子）。比如книга（書）是陰性名詞，хорошая книга（一本好書），окно（窗戶），красивое окно（美麗的窗戶）。注意形容詞的詞尾變化，形容詞根據詞尾的不同分成硬變化和軟變化兩種形式，以ый結尾的形容詞屬於硬變化，陽性中性陰性的詞尾分別為：ый, ое, ая. 以ий結尾的形容詞屬於軟變化，陽性中性陰性的詞尾分別是：ий, ее, яя。

二、形容詞的數

由於俄語中的名詞大多數都有單數形式和複數形式，根據語法的要求，形容詞的數要與後面名詞的數要保持一致，這就要求我們來探討一下形容詞數的問題。形容詞分為硬變化和軟變化，以ый結尾的形容詞屬於硬變化，在修飾複數第一格名詞的時候，需將詞尾變成ые。以ий結尾的形容詞屬於形容詞中的軟變化，在修飾複數第一格名詞的時候，需要將詞尾變成ие。

*Chapter 6*

交通

## 巴 士

| | |
|---|---|
| 請問一下，您知道哪一路車到體育館嗎？<br><br>您知道幾路公車到劇院嗎？ | Не поскажете, какой автобус идёт до стадиона?<br>Ne poskazhete, kakoj avtobus idjot do stagiona?<br><br>🔊 Не знаете, на каком автобусе можно доехать до театра?<br>Ne znaete, na kakom avtobuse mozhno doexatq do teatra? |
| 從這到車站共三站，大約**15分鐘**。<br><br>從這裏還有三站，大約20分鐘。 | Отсюда три остановки, может быть 15 минут.<br>Atsjuda tri ostanovki, mozhet bytq 15 minut.<br><br>🔊 Отсюда три остановки, может быть 20 минут.<br>Otsjuda tri ostanovki, mozhet bytq 20 minut. |
| 這上面説，最後一班車是九點四十五開。<br><br>這上面説，音樂會已經結束了。 | Здесь написанно, самый последний в 9:45.<br>Zdes napisanno, samyj poslednij v 9:45.<br><br>🔊 Здесь написано, коцерт уже закончился.<br>Zdesq napisano, kocert uzhe zakonchilsja. |
| 那輛車太擁擠不上了。<br><br>那板凳太濕了，不能坐。 | В том автобусе слишком тесно, нельзя сесть.<br>V tom avtobuse slishkom tesno, nelqzja sestq.<br><br>🔊 Скамейка слишком мокрая, на ней нельзя сидеть.<br>Skamejka slishkom mokraja, na nej nelqzja sidetq. |
| 你能看清牌子上的公共汽車時刻表嗎？<br><br>你能聽到嗎？ | Ты видишь расписание автобусов?<br>Ty videshq raspisanie avtobusov?<br><br>🔊 Вы можете слышать?<br>Vy mozhete slyshatq? |

| | |
|---|---|
| 那輛公共汽車需要新車了。 | Этому автобусу нужны новые тормоза.<br>EHtomu avtobusu nuzhny novye tormoza. |
| 您需要付錢了。 | 🔊 Вам надо заплатить деньги.<br>Vam nado zaplatitq denqgi. |
| 汽車排放的廢棄讓我窒息。 | Я задыхаюсь от выхлопных газов автобуса.<br>JA zadyxajusq ot vyxlopnyx gazov avtobusa. |
| 室內的空氣讓我窒息。 | 🔊 Я задыхаюсь от воздуха квартиры.<br>JA zadyxajusq ot vozduxa kvatriry. |
| 車票多少錢？ | Сколько стоит билет на автобус?<br>Skolqko stoit bilet na avtobuse? |
| 這件衣服多少錢？ | 🔊 Сколько стоит эта одежда?<br>Skolqko stoit ehta odezhda? |
| 我們的車來了，讓我們上車吧。 | Наш автобус приехал, давайте садитесь.<br>Nash avtobus priehal, davajte saditesq. |
| 我不敢肯定這輛車是不是我們的。不要浪費時間了，讓我們上車吧。 | 🔊 Я не уверен, что этот автобус наш.Не трать время, давай садись.<br>JA ne uveren, chto ehtot avtobus nash.Ne tratq vremja, davaj sadisq. |
| 我希望車快點到，天好像要下雨了。 | Я хочу, чтобы автобус побыстрее приехал, а то скоро начинётся дождь.<br>JA hochu, shtoby avtobus pobystree priehal, a to skoro nachinjotsja dozhdq. |
| 我希望我能順利通過考試。 | 🔊 Я хочу, чтобы могу сдать экзамен хорошо.<br>JA xochu, chtoby mogu sdatq ehkzamen xorosho. |
| 你找到一路去港口的公共汽車了嗎？ | Ты нашёл автобус в порт?<br>Ty nashjol avtobus v port? |
| 你找到你的鉛筆了嗎？ | 🔊 Вы нашли ваш карандаш?<br>Vy nashli vash karandash? |

交通

**6**

巴士

## 城 市 交 通

| | |
|---|---|
| 季瑪，我們只有晚上的車，讓我們參觀一下城市吧！ | Дима, у нас поезд только вечером, давай посмотрим город!<br>Dima,u nas poezd tolqko vecherom, davaj posmotrim gorod! |
| 安東，我馬上就要走了，我想參觀一下你們城市的博物館。 | 🔊 Антон, я уеду скоро. Я хочу посещать ваш музей.<br>Anton, ja uedu skoro. JA xochu posethatq vash muzej. |
| 快說說，我們去哪兒？ | Давай, а куда поедем?<br>Davaj, a kuda poedem?<br>☆ Куда是疑問副詞，提問"去哪裏"。 |
| 我聽說這個城市有一個很美的中心廣場和公園。 | Я слышала, что в этом городе очень красивая центральная площадь и старинный парк.<br>JA slyshala, shto v ehtom gorode ochenq krasivaja centralqnaja ploschadq i starinyj park. |
| 我聽說她準備出嫁了？ | 🔊 Я слышал, что она собирает выйти замуж?<br>JA slyshal, chto ona sobiraet vyjti zamuzh? |
| 應該問問怎樣才能到公園或者廣場。 | Надо спросить кого-нибудь, как добраться до парка или плошади.<br>Nado sprositq kogo-nibudq, kak dobratsja do parka ili ploschadi. |
| 應該等等，他很快就來了。 | 🔊 Надо ждать несколько минут, он скоро прийдёт.<br>Nado zhdatq neskolqko minut, on skoro prijdjot. |
| 打擾一下，請問公園怎麼走？ | Простите, как доехать до парка?<br>Prostite, kak doexatq do parka? |
| 乘坐從動物園出發的汽車。 | Поезжайте на автобусе от зоопарка.<br>Poezzhajte na avtobuse ot zooparka. |
| 你可以乘坐計程車。 | 🔊 Вы можете поехать на такси.<br>Vy mozhete poexatq na taksi. |

🎧 167.mp3

| 動物園離這裏遠嗎？ | А зоопарк далеко отсюда?<br>A zoopark daleko otsjuda? |
|---|---|
| 步行大約10分鐘，直着走，然後左拐。 | 🗨 Минут десять ходьбы. Идите прямо, потом поверните налево.<br>Minut desjatq xodqby. Idite prjamo, potom povernite nalevo. |

| 不能坐公共汽車到哪裏嗎？ | А нельзя доехать туда на автобусе?<br>A nelqzja doehatq tuda na avtobuse? |
|---|---|
| 不能，公共汽車不到那裏。 | 🗨 Нет, автобус туда не идёт.<br>Net, avtobus tuda ne idjot. |

| 請問，公園還是中心廣場近一些？ | Скажите, а что ближе: парк или центральная площадь?<br>Skazhite, a shto blizhe: park ili centralqnaja ploschadq? |
|---|---|
| 公園近些，可以步行到中心廣場去。 | 🗨 Парк ближе. От парка до центральной площади можно дойти пешком.<br>Park blizhe. Ot parka do centralqnoj plothadi mozhno dojti peshkom. |

交通

**6**

城市交通

| 請問，這裏哪有計程車站？ | Вы не поскажете, где здесь стоянка такси?<br>Vy ne poskazhete,gde zdesq ctojanka takci? |
|---|---|
| 在拐角處向左拐，在飯店門口。 | 🗨 За углом налево, в входе гостиницы.<br>Za uglom nalevo, v vxode gostinicy. |

| 火車還有半小時就開了，讓我們試一試。 | Поезд отходит через полчаса. Попробуем.<br>Poesd othodit cherez polchasa. Poprobuem. |
|---|---|
| 飛機馬上就要起飛了，讓我們一試試吧。 | 🔊 Самолёт скоро вылетет, давайте попробуем.<br>Samoljot skoro vyletet, davajte poprobuem. |

| 計程車是空的嗎？ | Такси свободно?<br>Daksi svopodno? |
|---|---|
| 你今天有時間嗎？ | 🔊 Вы свободны сегодня?<br>Vy svobodny segodnja? |

去火車站，麻煩快一點，我們趕不上火車了。

應該早點出門。

На вокзал, пожалуйста. Если можно, поскорее, мы опаздываем на поезд.
Na vokzal, pozhalujsta.
esli mozhno, poskoree, my opazdyvaem na poezd.

🔊 Надо выходить раньше.
Nado vyxoditq ranqshe.

我們參觀了你們城市，真美！

是的，沒錯，不要急，計程車10分鐘就到了。

Мы посетили ваш город. Он такой красивый!
My posetili vash gorod. on takoj krasivyj!

🔊 Да, это верно. Не волнуйтесь, мы успеем. На такси это 10 минут езды.
Da, ehto verno. Ne volnujtesq, my uspeem. Na taksi ehto 10 minut ezdy.

# 地 鐵

| | |
|---|---|
| 請問，去火車站怎麼走？<br><br>請問，莫斯科大學怎麼走？ | Простите, вы мне поскажете, как доехать до вокзала?<br>Prostite, vy mne poskazhete, kak doehatq do vokzala?<br><br>🔊 Простите, вы мне поскажете, как доехать до МГУ?<br>Prostite, vy mne poskazhete, kak doexatq do MGU? |
| 乘坐公共汽車，然後到博物館換乘地鐵。<br><br>先乘飛機，然後乘火車。 | Поезжайте на автобусе, а у музея пересядьте на метро.<br>Poezzhajte na avtobuse,a u muzeja peresjadqte na metro.<br><br>🔊 Поезжайте на самолёте, потом на поезде.<br>Poezzhajte na samoljote, potom na poezde. |
| 可以不換車嗎？<br><br>我可以不參加考試嗎？ | А можно доехать без пересадки?<br>A mozhno doehatq bez beresadki?<br><br>🔊 Могу ли не участвовать в экзаменах?<br>Mogu li ne uchastvovatq v ehkzamenax? |
| 很遠嗎？<br><br>乘車40分鐘。 | Это далеко?<br>EHto daleko?<br><br>🏃 Минут сорок езды.<br>Minut solok iezdei. |
| 馬克沁，我們沒有票，怎麼乘坐地鐵呢？<br><br>安東，我們沒有時間看電視了。 | Максим, у нас нет талончиков. Как же мы поедем на метро?<br>Maksim, u nas net talonchikov. kak zhe my poedem na metro?<br><br>🔊 Антон, у нас нет времени смотреть телевизор.<br>Anton, u nas net vremeni smotretq televizor. |
| 你有零錢嗎？<br><br>你有30戈比（兩個15戈比的硬幣）嗎？ | У тебя есть мелочь?<br>U tebja estq melochq?<br><br>🔊 У вас есть вот тридцать копеек (две монеты по пятнадцать копеек)?<br>U vas estq vot tridcatq kopeek (dve monety po pjatnadcatq kopeek)?<br><br>☼ Копеек "戈比"，俄羅斯的貨幣單位。 |

交通

**6**

地鐵

| 請問，您有多餘的票嗎？ | Простите, у вас нет лишних талончиков?<br>Prostite, u vas net lishnih talonchikov? |
| | 🔊 Простите, он лишний человек или нет?<br>Prostite, on lishnij chelovek ili net? |
| 請問，他是一個多餘人嗎？ | |
| 沒有，我的是通票。 | У меня нет, у меня проездной.<br>U menja net, u menja proezdnoj. |
| 請問，這裏哪有計程車站？ | Вы не поскажете, где здесь стоянка метро?<br>Vy ne poskazhete, gde zdesq ctojanka metro? |
| | 🔊 Вы не поскажете, гда здесь музей?<br>Vy ne poskazhete, gda zdesq muzej? |
| 請問，這裏哪兒有博物館？ | |
| 拐角處向左，在賓館門口。 | За углом налево, в входе гостиницы.<br>Za uglom nalevo, v vxode gostinicy. |
| 謝謝！吉瑪，快點兒！我們可能還來得及。 | Спасибо! Дима, бежим! Может быть, успеем всё-таки!<br>Spasibo! Dima, bezhim! Mozhet bytq, uspeem vsjo-taki! |
| 您能告訴我如何到那兒嗎？ | Скажите, как туда дойти?<br>Skazhite, kak tuda dojti? |
| | 🔊 Скажите, сколько стоит эта одежда?<br>Skazhite, skolqko stoit ehta odezhda? |
| 您能告訴我這件衣服多少錢嗎？ | |

# 火 車 站

| 要一張前往莫斯科的火車票。 | Один билет в одну сторону до Москвы, пожалуйста.<br>Odin bilet v odnu storonu do Moskvy, pozhalujsta. |
|---|---|
| 我有兩站電影票。 | 🎧 У меня два билета на кино.<br>U menja dva bileta na kino. |
| 托運行李的手續怎麼辦？ | Как оформлять сданный багаж?<br>Kak oformljatq sdannyj bagazh? |
| 我想托運個箱子。 | 🎧 Хочу сдать этот чемодан в багаж.<br>Xochu sdatq ehtot chemodan v bagazh. |
| 我可以隨身攜帶多少行李？ | Сколько багажа я могу провезти с собой?<br>Skolqko bagazha ja mogu provezti s coboj? |
| 我可以隨身帶多少酒？ | 🎧 Сколько бутылок вина я могу провезти с собой?<br>Skolqko butylok vina ja mogu provezti s soboj? |
| 開往北京的火車從哪個月臺出發？ | С какой платформы уходит поезд на Пекин?<br>S kakoj platformy uhodit poezd na Bekin? |
| 我什麼時候能到達北京？ | 🎧 Когда я могу доехать до Пекина?<br>Kogda ja mogu doexatq do Pekina? |
| 什麼時候開始檢票？ | Когда начинается время проверки билетов?<br>Kogda nachinaetsja vremja ploverki biletov? |
| 暑假什麼時候開始？ | 🎧 Когда начинаются летние каникулы?<br>Kogda nachinajutsja letnie kanikuly? |
| 對不起，這個座位是空的嗎？ | Извините, это место свободно?<br>Izvinite, ehto mesto svobodno? |
| 對不起，這是我的座位，我有票。 | 🎧 Извините, это моё место. У меня есть билет.<br>Izvinite, ehto mojo mesto. u menja estq bilet. |
| | 💡 Извините是"對不起"的意思，他的回答可以是пожалуйста。 |

交通

**6**

火車站

**171**

| | |
|---|---|
| 我是一號包廂，二號鋪位。 | У меня первое купе, второе место.<br>U menja pervoe kupe, vtoroe mesto. |
| 我乘的是飛機。 | 🔊 Я приезжаю на самолёте.<br>JA priezzhaju na samoljote. |
| 請把行李放在行李架上。 | Положите ваши вещи на багажную полку.<br>Polozhite vashi veschi na bagazhnuju polku. |
| 把鉛筆放在桌子上。 | 🔊 Положите ваш карандаш на столе.<br>Polozhite vash karandash na stole. |
| 餐車位於列車中部。 | Вагон-ресторан находится в середине поезда.<br>Vagon-restoran nahoditsja v seredine poezda. |
| 在照片中間的是安東。 | 🔊 Человек, который стоит на середине фотографии, это Антон.<br>CHelovek, kotoryj stoit na seredine fotografii, ehto Anton. |
| 前方到站明斯克。 | Следующая станция--Минск.<br>Sledujuschaja stancija-Minsk. |
| 前方到站莫斯科。 | 🔊 Следующая станция—Москва.<br>Sledujuthaja stancija—Moskva.<br>☆ Минск是白俄羅斯的首都明斯克。 |
| 列車晚點五分鐘。 | Поезд опоздал на пять минут.<br>Poezd opozdal na pjatq minut. |
| 列車正點到達終點站。 | 🔊 Поезд вовремя прибыл на конечную станцию.<br>Poezd vovremja pribyl na konechnuju stanciju. |
| 你認為我們的火車快到了嗎？ | Как, по-твоему, наш поезд скоро придёт?<br>Kak,po-tvoemu, nash poezd skoro pridjot? |
| 如果我的表準確的話，火車三分鐘後到達。 | ➤ Если мои часы точны, поезд будет через три минуты.<br>Esli moi chasy tochny, poezd budet cherez tri minuty. |

你真的認為，他這麼快就到了嗎？

希望如此，你為什麼會這麼問呢？

Действительно считаешь, что он скоро будет?

Dejstvitelqno schitaeshq, shto on skoro budet?

🔊 Желательно. Почему ты спрашиваешь?
ZHelatelqno. Pochemu ty sprashivaeshq?

---

下一班去莫斯科的火車什麼時候開？

下班火車六點十分開。

Когда уйдёт следующий поезд на Москву?

Kogda ujdjot sledujuschij poezd na Moskvu?

🔊 Следующий поезд вечером в 6:10.
Sledujuthij poezd vecherom v 6:10.

---

反正我們在等火車，我去買點早餐吧。

反正我們得等他，他很快就來啦。

Всё равно мы ждём поезд, я пойду куплю нам завтрак.

Vsjo ravno my zhdjom poezd, ja pojdu kuplju nam zavtrak.

🔊 Всё равно мы ждём его, он скоро придёт.
Vsjo ravno my zhdjom ego, on skoro pridjot.

交通

**6**

火車站

## 機 艙

我們終於上飛機
了，您把安全帶繫
好了嗎？

我們已經上飛機了，你
們準備好了嗎？

Наконец-то мы сели в самолёт.
Вы пристегнули ремни?
Nakonec-to my seli v samoljot. Vy
pristegnuli remni?

🔊 Мы сели в самолёт, вы готовы?
　My seli v samoljot, vy gotovy?

繫好了，您知道飛
機要飛行多長時間
嗎？

你知道考試需要持續多
長時間嗎？

Да. Вы не знаете, сколько
времени самолёт будет в полёте?
Da. vy ne znaete, skolqko vremeni
samoljot budet v poljote?

🔊 Вы знаете, сколько времени длится
экзамен?
　Vy znaete, skolqko vremeni dlitsja ehkzamen?

您想看點什麼呢？

我沒興趣，我耳朵漲
疼。

Вы хотите что-нибудь почитать?
Vy hotite shto-nibudi pochitatq?

🏹 У меня нет настроения. У меня болят уши.
　U menja net nastroenija. U menja boljat ushi.

當飛機上升的時候
就嚼口香糖，這樣
可以大大減輕耳朵
的壓力。

謝謝，沒關係，飛機正
在着陸，我已經感覺好
多了。

Когда самолёт набирает высоту,
жуйте конфеты, не так сильно
закладывает уши.
Kogda samoljot nabiraet vysotu,
zhujte kohfety, ne tak silqno
zakladuvaet ushi.

🏹 Спасибо, ничего. Самолёт сейчас идёт
на посадку. Я уже чуствую себя лучше.
　Spasibo, nichego, samoljot sejchas idjot na
posadku. ja uzhe chustvuju sebja luchshe.

今天玩得很高興，
就是有點累了，很
想睡覺。

今天我的心情很糟糕。

Сегодня у меня хорошее
настроение, но сейчас я немного
устал. Очень хочется спать.
Segodnja u menja horoshee
nastroenie, no sejchas ja nemnogo
ustal. Ochenq hochetsja spatq.

🔊 Сегодня у меня плохое настроение.
　Segodnja u menja ploxoe nastroenie.

您想喝點什麼？

你想吃點兒什麼？

Что вы хотите пить?
CHto vy hotite pitq?

🔊 Что вы хотите съесть?
CHto vy hotite sqhestq?

---

飛機開始降落，請
您繫好安全帶。

飛機開始起飛了。

Самолёт идёт на посадку.
Просьба в целях безопасности
пристегнуть ремни.
Samoljot idjot na posadku. Prosqba
v celjah bezopasnosti pristegnutq
remni.

🔊 Самолёт вылетел.
Samoljot vyletel.

☆ Самолёт是陽性名詞"飛機"的意思。
☆ посадку是посадка的四格形式，是著
陸，降落的意思。

---

行李由傳送帶直接
傳入大廳。

這是誰的行李？

Багаж по ленте транспортёра
доставят прямо в зал.
Bagazh po lente transportjora
dostavjat prjamo v zal.

📣 Чей это багаж?
CHej ehto bagazh?

---

您可以通過綠色通
道出去了。

您可以走了。

Можете пройти через зелёный
коридор.
Mozhete projti cherez zeljonyj
koridor.

🔊 Вы можете уйти.
Vy mozhete ujti.

---

哪裏是航空公司辦
理登記處手續？

在哪裏買票？

Где проходит регистрация на
рейс авиакомпании?
Gde prohodit registracija na rejs
aviakompanii?

📣 Где можно купить билет?
Gde mozhno kupitq bilet?

## 船 艙

| | |
|---|---|
| 我們是什麼艙？ | Какая у нас каюта?<br>Kakaja u nas kajuta? |
| 我們是頭等艙，在上層甲板。艙位是12號A。 | 🔊 У нас каюта первого класса, на верхней палубе, номер нашей каюты двенадцать А.<br>U nas kajuta pervogo klassa, na verxnej palube, nomer nashej kajuty dvenadcatq A. |
| 多漂亮的艙位！我們的艙位很大，走，到甲板上散散步。 | Какая красота! Наш пароход очень большой, пойдём погуляем по палубе.<br>Kakaja krasota! Nash parohod ochenq bolqshoj, pojdjom poguljaem po palube. |
| 好的，輪船在放第一聲汽笛。 | 🔊 Хорошо. Вот и первый гудок.<br>Xorosho. Vot i pervyj gudok. |
| 這就是説所有的乘客應當回到自己的艙裏去，他們要來檢查證件了。 | Это значит, что все пассажиры должны быть в своих каютах. Будет проверка документов и билетов.<br>Ehto znachit, shto vse passazhiry dolzhny bytq v svoih kajutah. Budet proverka dokumentov i biletov. |
| 你想乘什麼回家？ | 🔊 На чём вы хотите вернуть домой?<br>Na chjom vy xotite vernutq domoj? |
| 您隨身攜帶暈船藥了嗎？ | Вы взяли с собой таблетки от морской болезни?<br>Vy vzjali s soboj tabletki ot morskoj bolezni? |
| 帶了，以防萬一，我時常暈船。 | 🔊 Взял на всякий случай. Меня всегда укачивает на море.<br>Vzjal na vsjakij sluchaj. Menja vsegda ukachivaet na more. |

| | |
|---|---|
| 您好，很高興與您同路。 | Здравствуйте! Очень рад, что мы плывём вместе.<br>Zdravstvujte! Ochenq rad, chto my plyvjom vmeste. |
| 很高興認識您。 | 🔘 Я очень рад познакомиться с вами.<br>JA ochenq rad poznakomitqsja s vami.<br>💡 Здравствуйте! "您好！" 這是最常見的一種打招呼的方式。 |
| 我們去甲板上呼吸呼吸新鮮空氣，欣賞一下日落吧。 | Давайте выйдём на палубу подышать свежим воздухом и полюбоваться заходом солнца.<br>Davajte vyjdjom na palubu podyshatq svezhim vozduhom i poljubovatqsja zahodom solnca. |
| 我們到甲板上合影吧。 | 🔘 Давайте выйдём на палубу сфотографироваться.<br>Davajte vyjdjom na palubu sfotografirovatqsja. |
| 海上日落的優美景色多麼賞心悅目！ | Как радует глаз прекрасное зрелище захода солнца на море!<br>Kak raduet glaz prekrasnoe zrelische zahoda solnca na more! |
| 多麼美麗的海景呀！ | 🔘 Какой превосходный вид из моря!<br>Kakoj prevosxodnyj vid iz morja! |
| 天已經黑了，我們去餐廳吃晚飯吧，吃完飯後那裏舉行晚會。 | Наступили сумерки. Пойдём поужинаем в ресторане. После ужина там будет бал.<br>Nastupili sumerki. Pojdjom pouzhinaem v restorane. Posle uzhina tam budet bal. |
| 已經是白天了，起床吧。 | 🔘 День наступит, давайте встанемся.<br>Denq nastupit, davajte vstanemsja. |
| 我們回船艙吧，快躺下睡吧，睡一覺後就到天津了。 | Пойдём в каюту! Ляжем спать, проснёмся, и будем уже в Тяньцзинь.<br>Pojdjom v kajutu! Ljazhem spatq, prosnjomsja, i budem uzhe v Tjanqczinq. |
| 我們馬上就到上海了。 | 🔘 Мы скоро доедемся до Шанхая.<br>My skoro doedemsja do SHanxaja. |

## 市 內 交 通

| | |
|---|---|
| 打擾一下，你好像迷路了？ | Прошу прощения, кажется, вы заблудились?<br>Proshu proschenija, kazhetsja, vy zabludilisq? |
| 對不起，我好像迷路了。 | 🔘 Извините, кажется, я заблудился.<br>Izvinite, kazhetsja, ja zabludilsja. |
| 我以為藝術博物館就在這裏。 | Я считал, что музей искусств находится здесь.<br>JA schital, shto muzej iskusstv nahoditsja zdesq. |
| 藝術博物館在另一邊。 | 🔘 О, нет, музей искусств находится на другой стороне.<br>O, net, muzej iskusstv nahoditsja na drugoj storone. |
| 難道這不是華盛頓街嗎？ | Разве это не проспект Вашингтона?<br>Razve ehto ne prospekt Vashingtona? |
| 藝術博物館在華盛頓東街。 | 🔘 Музей искусств находится на восточной улице Вашингтона.<br>Muzej iskusstv nahoditsja na vostochnoj ulice Vashingtona. |
| 我們完全迷路了，高速公路在哪？ | Мы совсем потерялись. Где находится скоростное шоссе?<br>My sovcem poterjalisq. Gde nahoditsja skorostnoe shosse? |
| 我好像迷路了，高速公路在這嗎？ | 🔘 Я , как будто, заблудился. Это скоростное шоссе?<br>JA , kak budto, zabludilsja. EHto skorostnoe shosse? |
| 我們一直在這條街上駛來駛去，好像永遠都走不出去。 | Мы кружим по одному проспекту, и кажется никогда отсюда не выйдем.<br>My kruzhim po odnomu prospektu, i kazhetsja nikogda otsjuda ne vyjdem. |
| 沿着這條路走下去就能走出去。 | 🔘 Идите по этому шоссе и выйдите.<br>Idite po ehtomu shosse i vyjdite. |
| | 💡 Мы "我們" 的意思。 |

| | |
|---|---|
| 我們在公園大街。 | Мы сейчас находимся на парковом проспекте.<br>My sejchas naxodimsja na parkovom prospekte. |
| 我們正沿着公園大街朝北走。 | 🔊 И мы теперь по нему едем на север.<br>I my teperi po nemu edem na sever. |
| 一直開到建設街，然後左拐。 | Доехать до проспекта Строителей, потом повернуть налево.<br>Doehatq do prospekta Stroitelej, potom povernutq nalevo. |
| 就沿這條街直走再穿過兩條街。 | 🔊 Идите вдоль по улице, потом перейдите ещё 2, там его и увидите.<br>Idite vdolq po ulice, potom perejdite eschjo 2, tam ego i uvidite. |
| 這兒好像有一家很著名的中國餐廳，你知道是哪家嗎？ | Где то здесь должен быть известный ресторан китайской кухни. Знаете его?<br>Gde to zdesq dolzhen bytq izvestnyj restoran kitajskoj kuhni. Znaete ego? |
| 你知道附近那家中國餐廳最出名嗎？ | 🔊 Ты знаешь, какой китайский ресторан самый известный здесь?<br>Ty znaeshq, kakoj kitajskij restoran samyj izvestnyj zdesq? |
| 這附近有一間很著名的專門賣牛肉的餐廳。 | 🔊 Рядом, есть, известный ресторан, который продаёт говядину.<br>Ljadom, estq, izvestnyj restoran, kotoryj prodajot. |
| 你能告訴我怎麼到那裏嗎？ | Скажите, а как туда добраться?<br>Skazhite, a kak tuda dobratqsja? |
| 我們現在在哪條街上？ | 🔊 На каком проспекте мы сейчас?<br>Na kakom prospekte my sejchas? |
| 我正在找行李領托運處。 | Я ищу место выдачи багажа.<br>JA ischu mesto vydachi bagazha. |
| 在一樓，你就會看到行李領取處的標牌了。 | 🔊 На первом этаже вы увидите место выдачи багажа.<br>Na pervom ehtazhe vy uvidite mesto vydachi bagazha. |

交通

**6**

市內交通

## Column 6：動詞的變位

俄語中動詞大都需要變位，根據其變化的規律，我們將動詞的變位方法分為動詞第一變位法，動詞第二變位法。

一、動詞第一變位法

一般情況下，以ать, ять結尾的動詞，屬於動詞第一變位法，比如читать（讀），體會一下動詞第一變位法的變化規律：я читаю, ты читаешь, он читает, мы читаем, вы читаете, они читают. 再比如：動詞原形是идти，я иду, ты идёшь, он идёт, мы идём, вы идёте, они идут。

二、動詞第二變位法

一般情況下，以ить結尾的動詞屬於動詞第二變位法，比如говорить（説），я говорю, ты говоришь, он говорит, мы говорим, вы говорите, они говорят.

俄語中的動詞還分為完成體動詞和未完成體動詞，不要把動詞的第一變位法第二變位法和動詞的體混淆起來，他們之間沒有必然的關係，有時候給同學造成一種錯覺，完成體都是第二變位法，未完成體都是第一變位法。其實不是這樣的，二者沒有必然的聯繫。

# Chapter 7

消費

# 購　物

| | |
|---|---|
| 她出去買新裙子了。 | Она пошла купить новую юбку.<br>Ona poshla kupitq novuju iubku. |
| 她要出去買新裙子。 | 🔘 Она пойдёт купить новую юбку.<br>Ona bayijiaot kubiqi naovyiu iupku. |
| 他必須去把一件禮物歸還給商店。 | Он обязательно вернёт подарок в магазин.<br>On objazatelqno vernjot podarok v magazin. |
| 他想重操舊業。 | 🔘 Он хочет вернутqся к старой профессии.<br>On hochet vernutqsja k staroj professii. |
| 我需要買一把新雨傘。 | Мне нужен новый зонтик.<br>Mne nuzhen novyj zontik. |
| 我需要買一枝筆。 | 🔘 Мне нужна ручка.<br>Mne nuzhna ruchka. |
| 你們這裏有合適我的尺碼的鞋子嗎？ | Есть ли у вас размер обуви подходящий мне?<br>Estq li u vas razmer obuvi podhodjaschij mne? |
| 您需要多大尺碼的鞋子？ | 🔘 Какого размера обуви вам нужно?<br>Kakogo razmera obuvi vam nuzhno? |
| 我討厭在星期六的上午去購物。 | Мне надоело ходить утром в субботу покупать вещь.<br>Mne nadoelo hoditq utrom v subbotu pokupatq veschq. |
| 很少有人喜歡星期六的上午去購物。 | 🔘 Мало кто любит ходить покупать вещь утром в субботу.<br>Malo kto liubit hoditq pokupatq veschq utrom v subbotu. |
| 這些東西打折嗎？ | На эти вещи вы можете сделать скидку?<br>Na ehti veschi vy mozhete sdelatq skidku? |
| 可以再便宜一些嗎？ | 🔘 Можно дешевле?<br>Mozhno deshevle? |

這個多少錢？

我一共多少錢？

Сколько стоит эта вещь?

Skolqko stoit ehta veschq?

🔊 Сколько с меня?

Skolqko s menja?

💡 從這兩個句子的翻譯上來講，意思很接近，但是有細微的差別。Сколько стоит эта вещь，這句話一般用來消費者在購買商品前，而сколько с меня，一般用來消費者在決定購買商品後，決定付錢時所用的常用語。

---

麗莎，我想聽聽你的意見。

麗莎，你覺得怎樣？

Лиза, я хочу услышать твой совет.

Liza, ja hochu uslyshatq tvoj sovet.

🔊 Лиза, как вы думаете об этом?

Liza, kak vy dumaete ob ehtom?

💡 Лиза是一個人名，俄羅斯的女名。俄語中，名字的數量不像我們中國的名字那麼多，俄羅斯的名字是有限的。俄羅斯的人名通常由名字+父稱+姓組成的。

---

我很喜歡這條裙子。

但是太貴啦。

Мне очень понравится эта юбка.

Mne ochenq ponravitsja ehta iubka.

🔊 Но слишком дорого.

No clishkom dorogo.

---

我想我是不會買的。

我也不會買。

Я думаю, не буду покупать.

JA dumaju, ne budu pokupatq .

🔊 Я тоже не хочу.

JA tozhe ne hochu.

---

可能這不是非常實用。

我也這麼想。

Может быть, это не очень практично.

Mozhet bytq, ehto ne ochenq praktichno.

🔊 Я тоже так считаю.

JA tozhe tak schitaju.

💡 Так的意思是像這樣，表示跟前者說話者一樣的態度，так считать 表示"這樣認為"。

---

您想要什麼顏色的？

你要黑色的嗎？

Какого цвета?

Kakogo cveta?

🔊 Черного цвета?

CHernogo cveta?

## 就 餐

---

**這裏什麼地方有一家好的餐廳？**

中式餐廳在哪兒？

Где здесь хороший ресторан?
Gde zdesq horoshij restoran?

⑧ Где китайский ресторан?
　Gde kitajskij restoran ?

---

**我餓得要命啊。**

我們都餓壞了。

Я ужасно голоден.
JA uzhacno goloden.

⑧ Мы ужасно голодны.
　My uzhasno golodny.

---

**你們餓了嗎？**

我想吃點兒東西。

Вы голодны?
Vy golodny?

⑧ Я хочу поесть.
　JA hoche poestq.

---

**這張桌子有人嗎？**

這裏可以坐人嗎？

Этот стол свободен?
EHtot stol svoboden?

⑧ Можно ли здесь посадиться?
　Mozhno li zdesq posaditqsja?

---

**有菜單嗎？**

服務員，請給我菜單。

Есть меню?
Estq menju?

⑧ Официант, меню, пожалуйста.
　Oficiant, menju, pozhalujsta.

☆ Пожалуйста, 是語氣詞，表示
　"請……"，是禮貌用語，在俄語口
　語中我們經常看到。

---

**你們有素菜嗎？**

你們這兒有湯嗎？

У вас есть вегетарианские блюда?
V vas estq vegetarianskie bljuda?

⑧ У вас есть суп?
　V vas estq sup?

---

**您選好了嗎？**

您推薦一下吧。

Вы уже выбрали?
Vy uzhe vybrali?

⑧ Что вы мне посоветуете?
　CHto vy mne posovetuete?

☆ вы在俄語中，意思是"您"，表示
　尊敬，一般用於正式場合，或者對
　年長者的稱呼，對陌生人的稱呼，
　服務行業裏也多用вы，來體現其服
　務的周到。

| | |
|---|---|
| **請結賬。** | Рассчитайтесь со мной, пожалуйста. |
| | Rasschitajtesq so mnoj, pozhalujsta. |
| 我覺得這帳單不對。 | 🔊 Мне кажется, счёт неверен. |
| | Mne kazhetsja, schjot neveren. |

| | |
|---|---|
| **你聽我説，我想吃點東西。** | Знаешь, я хочу есть. |
| | Znaeshq, ja hochu estq. |
| 你想吃點什麼？ | 🔊 Что ты хочешь есть? |
| | CHto ty hocheshq estq? |
| | 💡 знать這個單詞本身的意思是"知道，瞭解"，但是用在這裏，表示"你聽我説，你知道嗎"，口語化地表達方式。 |

| | |
|---|---|
| **我很喜歡這個飯店。** | Мне этот ресторан очень нрвится. |
| | Mne ehtot restoran ochenq nravitsja. |
| 那就進去吧！ | 🔊 Пошли! |
| | Poshli! |
| | 💡 Пошли是一個口語表達法，表示"那我們就進去吧"。 |

| | |
|---|---|
| **這是菜單。** | Вот меню. |
| | Vot menju. |
| 謝謝！ | 🔊 Спасибо! |
| | Spasibo! |

| | |
|---|---|
| **你們這裏有水果嗎？** | У вас есть фрукты? |
| | V vas estq frukdy? |
| 你們這有蘋果和西瓜嗎？ | 🔊 У вас есть яблоки и арбуз? |
| | U vas estq jabloki i arbuz? |
| | 💡 И是連接詞，它本身是一個俄語字母，又是一個單詞，俄語裏面的я，о，и，у，等等，都是它們本身是一個字母，又充當一個單詞。 |

消費

**7**

就餐

# 提 款

| 中文 | 俄文 |
|------|------|
| 這裏什麼地方有銀行？<br><br>噴泉旁邊有銀行嗎？ | Где здесь банк?<br>Gde zdesq bank?<br><br>🔊 Есть ли банк у фонтана?<br>Estq li bank u fontana? |
| 我需要開個銀行帳戶。<br><br>請問，怎樣可以辦理銀行開戶？ | Мне нужно открыть счёт.<br>Mne nuzhno otkrytq schjot.<br><br>🔊 Скажите, пожалуйста, как открыть счет?<br>Skazhite, pozhalujsta, kak otkrytq schet? |
| 我想把歐元兌換成盧布。<br><br>請問，在哪可以兌換貨幣？ | Я хотел бы обменять евро на рубли.<br>JA hotel by obmenjatq evro na rubli.<br><br>🔊 Скажите, где можно обменять деньги?<br>Skazhite, gde mozhno obmenjatq denqgi? |
| 請出示您的支票。<br><br>請出示您的車票。 | Покажите, пожалуйста ваш чек.<br>Pokazhite, pozhalujsta vash chek.<br><br>🔊 Покажите, пожалуйста ваш билет.<br>Pokazhite, pozhalujsta vash bilet. |
| 在銀行還是在賓館？<br><br>在銀行可以嗎？ | В банке или в гостинице?<br>V banke ili v gostinice?<br><br>🔊 Можно ли в банке?<br>Mozhno li v banke? |
| 我想把這些錢存起來。<br><br>怎麼可以把這些錢存起來呢？ | Я хочу положить эти деньги на счёт.<br>JA hochu polozhitq ehti denqgi na schjot.<br><br>🔊 Как я могу положить эти деньги на счет?<br>Kak ja mogu polozhitq ehti denqgi na schet? |
| 您最好當面清點一下。<br><br>請您當面點清。 | Вам лучше проверять на месте.<br>Vam luchshe proverjatq na meste.<br><br>🔊 Проверяйте на месте.<br>Proverjajte na meste. |

| 你好，是在這裏開戶嗎？ | Здравствуйте, могу ли я открыть здесь счёт?<br>Zdravstvujte, mogu li ja otkrytq zzhesq schjot? |
| --- | --- |
| 請問，哪個窗口開戶？ |  Скажите, в каком окно можно открыть счет?<br>Skazhite, v kakom okno mozhno otkrytq schet? |
| 有什麼我可以為您效勞嗎？ | Чем могу вам помочь?<br>CHem mogu vam pomochq? |
| 我需要開設一個銀行帳戶。 |  Мне необходимо открыть счёт.<br>Mne neobhodimo otkrytq schjot. |
| 是存活期還是定期？ | На текущий счёт или на срочный?<br>Na tekuschij schjot ili na srodchnyj? |
| 您可以選擇存活期或定期。 |  Вы можете выбрать текущий или срочный счет.<br>Vy mozhete vybratq tekuthij ili srochnyj schet. |
| 帳戶是免費的嗎？ | Счёт бесплатный?<br>Schjot besplatnyj? |
| 可以免費開戶嗎？ |  Можно ли бесплатно открыть счет?<br>Mozhno li besplatno otkrytq schet? |
| 你認得這家銀行嗎？ | Ты знаешь этот банк?<br>Dy znaeshq ehtot bank? |
| 你認識哪些銀行？ |  Какие банки ты знаешь?<br>Kakie banki ty znaeshq?<br>這裏用ты，可以猜測，説話者兩人的關係是比較親密的，因為在俄語裏面，"你"這個稱呼是不能亂用的，為了表示尊敬，為了表示自己禮貌一些，都要用"您"，即вы。 |
| 我想，我的自動提款卡壞了。 | Я думаю, моя банковская карточка испортилась.<br>JA dumaju, moja bankovskaja kartochka icportilasq. |
| 自動提款卡壞了，怎麼辦？ |  Что делать, если своя банковская карточка испортилась?<br>CHto delatq, esli svoja bankovskaja kartochka isportilasq? |

消費

7

提款

## 食　堂

| | |
|---|---|
| **同學們，該吃午飯了。**<br><br>我們一起去吃午飯吧。 | Ребята, пора обедать.<br>Rebjata, pora obedatq.<br><br>⦿ Давайте пойдём на обед.<br>Davajte pojdjom na obed. |
| **我很餓啊。**<br><br>我們都覺得餓了。 | Я очень голодна.<br>JA ochenq golodna.<br><br>⦿ Все мы чувствуем голод.<br>Vse my chuvstvuem golod. |
| **今天午飯很好。**<br><br>今天午飯怎樣？ | Сегодня обед очень хороший.<br>Segodnja obed ochenq xoroshij.<br><br>⦿ Как обед сегодня?<br>Kak obed segodnja? |
| **沒有饅頭嗎？**<br><br>有饅頭嗎？ | А пампушек нет?<br>A pampushek net?<br><br>⦿ У вас есть пампушка?<br>U vas estq pampushka? |
| **我是北方人，喜歡麵食。**<br><br>我是南方人，喜歡米飯。 | Я северянин, люблю мучное.<br>JA severjanin, liubliu muchnoe.<br><br>⦿ А я южанка, люблю рис.<br>A ja juzhanka, ljublju ris. |
| **有湯嗎？**<br><br>有什麼？ | Есть суп?<br>Estq sup?<br><br>⦿ Что у вас?<br>CHto u vas? |
| **你吃飽了嗎？**<br><br>都吃飽了嗎？ | Ты сыт?<br>Dy cyt?<br><br>⦿ Все сыты?<br>Vse syty? |
| **我想吃點東西。**<br><br>想吃東西了。 | Я хочу что-то есть.<br>JA xochu chto-to estq.<br><br>⦿ Мне тоже хочется есть что-то.<br>Mne tozhe xochetsja estq chto-to. |

| | |
|---|---|
| **我們來得及嗎?** | Мы успеем? |
| | My uspeem? |
| 來不及了嗎? | (反) Не успеем ли? |
| | Ne uspeem li? |
| **人可真多。** | Людей так много. |
| | Ljudej tak mnogo. |
| 真走運。人不算多。 | (反) Нам повезло. Народу не так много. |
| | Nam povezlo. Narodu ne tak mnogo. |
| **你想要點兒什麼?** | Чего вы хотите? |
| | CHego vy hotite? |
| 我什麼都不想吃。 | (答) Я ничего не хочу съесть. |
| | Ya niqivao nie xaqiu siesqi. |
| **為什麼呢?** | Почему? |
| | Pochemu? |
| 你為什麼什麼都不想吃呢? | (答) Почему ты ничего не хочешь съесть? |
| | Pochemu ty nichego ne xocheshq sqhestq? |
| | ☼ ничего не 表示否定意義,"什麼都不……"。 |

# 住 宿

| 對不起，前天我在這兒定了一個房間。 | Извините, позавчера я здесь заказал номер.<br>Izvinite, pozavchera ja zdesq zakazal nomer. |
|---|---|
| 您訂的什麼房間？ | 🔊 Какой номер вы заказали?<br>Kakoj nomer vy zakazali? |
| | ☼ "номер" 意為 "數字"，另外還指 "賓館的房間"，注意與 "комната" 區別對待。 |

| 你們有什麼房間？ | Какой номер у вас есть?<br>Kakoj nomer u vas estq? |
|---|---|
| 雙人房間可以嗎？ | 🔊 Можно ли номер на двоих?<br>Mozhno li nomer na dvoix? |

| 現在營業嗎？ | А они сейчас работают?<br>A oni sejchas rabotajut? |
|---|---|
| 您一般什麼時候營業？ | 🔊 Когда вы обычно начинаете работать?<br>Kogda vy obychno nachinaete rabotatq? |
| | ☼ Сейчас表示 "現在"，注意區分 сейчас和теперь的用法，前者表示 "現在，馬上，立刻"，而後者表示 的是 "最近一段時間，最近"，也可 以表示 "現在"，但是強調的是 "最 近一段時間以來"。 |

| 晚上好。怎麼稱呼？ | Добрый вечер. Как вы обратитесь?<br>Dobryj vecher. Kak vy obratitesq? |
|---|---|
| 晚上好。您叫什麼名字？ | 🔊 Добрый вечер. На какое имя?<br>Dobryj vecher. Na kakoe imja? |

| 您是旅遊還是出差？ | Вы турист или в командировке?<br>Vy turist ili v komandirovke? |
|---|---|
| 我是出差來的。 | 🗨 Я здесь в командировке.<br>JA zdesq v komandirovke. |

| 请把您的護照給我。 | Дайте, пожалуйста, ваш паспорт.<br>Dajte, pozhalujsta, vash pasport. |
|---|---|
| 請出示您的護照。 | 🔊 Вот, пожалуйста，предъявляете ваш паспорт.<br>Vot, pozhalujsta，predqhjavljaete vash pasport. |

| | |
|---|---|
| 您來幾天？<br><br>您在路上呆了幾天？ | На сколько дней вы приехали?<br>Na skolqko dnej vy priexali?<br><br>🔊 Сколько дней вы приехали?<br>Skolqko dnej vy priexali? |
| 窗戶朝哪兒？<br><br>窗戶朝那個方向？ | А куда выходят окна?<br>A kuda vyxodjat okna?<br><br>🔊 На какую сторону выходит окно?<br>Na kakuju storonu vyxodit okno? |
| 您打算在我們這兒住幾天？<br><br><br>我們打算在這住5天左右。 | А на сколько дней вы собираетесь у нас остановиться?<br>A na skolqko dnej vy sobiraetesq u nas ostanovitqsja?<br><br>🔊 Мы собираемся остановиться здесь дней на пять.<br>My sobiraemsja ostanovitqsja zdesq dnej na pjatq. |
| 請您看一看我填得對嗎？<br><br>這樣填寫可以嗎？ | Посмотрите, пожалуйста, правильно ли я заполнил?<br>Posmotrite, pozhalujsta, pravilqno li ja zapolnil?<br><br>🔊 Можно ли так заполнить бланк?<br>Mozhno li tak zapolnitq blank? |
| 您的行李馬上會送到您的房間。<br><br>什麼時候行李送到這。 | Ваш багаж сейчас доставят в ваш номер.<br>Vash bagazh sejchas dostavjat v vash nomer.<br><br>🔊 Когда мой багаж доставлен в мой номер.<br>Kogda moj bagazh dostavlen v moj nomer. |
| 要是您有什麼事情，就請找樓層服務員或者值班員。<br><br>好的，謝謝。 | Если вам что-нибудь понадобится, обратитесь к горничной или к дежурной по этажу.<br>Esli vam chto-nibudq ponadobitsja, obratitesq k gornichnoj ili k dezhurnoj po ehtazhu.<br><br>🔊 Хорошо, спасибо.<br>Xorosho, spasibo. |

消費

7

住宿

| 單人間的還是雙人間的？ | Одноместный или двухместный номер? |
| --- | --- |
| | Odnomestnyj ili dvuxmestnyj nomer? |
| 您想要什麼樣的房間？ | 🔊 Какой номер вы предпочитаете заказать? |
| | Kakoj nomer vy predpochitaete zakazatq? |
| | 💡 注意這兩個名詞的用法，這兩個詞的記憶方法其實很簡單，местный表示"局部的，當地的"，是一個形容詞。而在這個形容詞的前面分別加上одно和двух就是單人間和雙人間的意思了。 |
| 電動剃鬚刀的插座在哪兒？ | Ну вот, а где розетка для электробритвы? |
| | Nu vot, a gde rozetka dlja ehlektrobritvy? |
| 您這有插座嗎？ | 🔊 У вас есть электробритва? |
| | U vas estq ehlektrobritva? |

## 郵 寄

**請收下發往基輔的電報。**

普通電報還是加急電報？

Примите телеграмму в Киев.
Primite telegrammu v Kiev.

🔊 Телеграмма обыкновенная или срочная?
Telegramma obyknovennaja ili srochnaja?

---

**您要付3盧布15戈比。**

請問帶有莫斯科圖案的明信片多少錢？

С вас три рубля пятнадцать копеек.
S vas tri rublja pjatnadcatq kopeek.

📌 Скажите, сколько стоит открытка с видом Москвы?
Skazhite, skolqko stoit otkrytka s vidom Moskvy?

💡 Сколько стоит是俄語中很常用的短語，表示"……值多少錢"，一般用在疑問句當中。

💡 付錢的時候，要用到前置詞с, с кого сколько денег，表示某人應該付……錢，比如，сколько с меня? 這句話的意思就是"我因該付多少錢"，這句話只有在當顧客自己決定購買某商品的時候才用。

---

**請問電報什麼時候到基輔？**

今天晚上電報能到嗎？

Скажите, а когда телеграмма будет в Киеве?
Skazhite, a kogda telegramma budet v Kieve?

🔊 Можно ли получена телеграмма сегодня вечером?
Mozhno li poluchena telegramma segodnja vecherom?

---

**請給我一個帶郵票的信封。**

您要什麼樣的信封，普通的還是航空信封？

Дайте, пожалуйста, конверт с маркой.
Dajte, pozhalujsta, konvert s markoj.

🔊 Вам, какой конверт нужен, простой или авиа?
Vam, kakoj konvert nuzhen, prostoj ili avia?

---

**多少錢？**

我要付多少錢？

Сколько стоит?
Skolqko stoit?

🔊 Сколько с меня?
Skolqko s menja?

| | |
|---|---|
| 那麼請給我一個信封和兩張明信片。<br><br>兩個信封和一張明信片。 | Тогда дайте мне конверт и две открытки.<br>Togda dajte mne konvert i dve otkrytki.<br>🔊 Два конверта и открытка.<br>Dva konverta i otkrytka. |
| 這個窗口收寄包裹嗎？<br><br>哪個窗口收寄包裹啊？ | В этом окне принимают посылки?<br>V ehtom okne prinimajut posylki?<br>🔊 В каком окне принимают посылки?<br>V kakom okne prinimajut posylki? |
| 請打開包裹，先要檢查。<br><br><br>檢查時必須打開包裹嗎？ | Откройте посылку, надо проверить сначала.<br>Otkrojte posylku, nado proveritq snachala.<br>🔊 Необходимо открыть посылку при проверке ее?<br>Neobxodimo otkrytq posylku pri proverke ee? |
| 寄這個包裹多少錢？<br><br>寄包裹時要保值嗎？ | Сколько стоит отправка этой посылки?<br>Skolqko stoit otpravka ehtoj posylki?<br>🔊 Хотите оценить при отправке этой посылки?<br>Xotite ocenitq pri otpravke ehtoj posylki? |
| 一共35元。<br><br>這是錢。 | Всего 35 юаней.<br>Vsego 35 juanej.<br>🔊 Вот деньги.<br>Vot denqgi.<br>☆ Юань是中文裏 "元" 的音譯。 |

# 遊 覽

| 你們好，尊敬的女士們，先生們！ | Здравствуйте, уважаемые дамы и господа!<br>Zdravstvjte, uvazhaemye damy i gospoda! |
|---|---|
| 您好！ | 🔊 Здравствуйте!<br>Zdravstvujte! |
| 今天我們遊覽莫斯科。 | Сегодня мы совершим экскурсию по Москве.<br>Segodnja my sovershim ehkskursiju po Moskve. |
| 您們什麼時候遊覽莫斯科？ | 🔊 Когда вы совершали экскурсию по Москве?<br>Kogda vy sovershali ehkskursiju po Moskve? |
| 請問，我們能看到奧斯坦金諾電視塔嗎？ | Скажите, пожалуйста, мы увидим Останкинскую телебашню?<br>Skazhite, pozhalujsta, my uvidim Ostankinskuju telebashnju? |
| 這裏能看到奧斯坦金諾電視塔嗎？ | 🔊 Здесь видится Останкинская телебашня?<br>Zdesq viditsja Ostankinskaja telebashnja? |
| 宇宙征服者紀念碑我們能看到嗎？ | А обелиск покорителям космоса мы увидим?<br>A obelisk pokoriteljam kosmosa my uvidim? |
| 在哪可以看到宇宙征服者紀念碑？ | 🔊 Где можно видеть обелиск покорителям космоса?<br>Gde mozhno videtq obelisk pokoriteljam kosmosa? |
| 莫斯科有多少所高等院校？ | А сколько в Москве высших учебных заведений?<br>A skolqko v Moskve vysshix uchebnyx zavedenij? |
| 在莫斯科有100多所高等院校，包括學院和大學。 | ➤ В Москве больше ста вузов, включая институты и университеты.<br>V Moskve bolqshe sta vuzov, vkljuchaja instituty i universitety. |
| 莫斯科有多少博物館？ | А сколько в Москве музеев?<br>A skolqko v Moskve muzeev? |
| 莫斯科什麼博物館最著名？ | 🔊 Какой музей известный больше всего в Москве?<br>Kakoj muzej izvestnyj bolqshe vsego v Moskve? |

| 我説得對嗎？ | Верно ли я говорю? |
|---|---|
| | Verno li ja govorju? |
| 他完全不對。 | 🔊 Он совершенно не прав. |
| | On sovershenno ne prav. |

| 關於莫斯科新區您能給我們説些什麼嗎？ | О новых районах Москвы что вы можете нам рассказать? |
|---|---|
| | O novyx rajhonax Moskvy chto vy mozhete nam rasskazatq? |
| 關於莫斯科新區您知道什麼？ | 🔊 Что вы знаете о новых районах Москвы? |
| | CHto vy znaete o novyx rajhonax Moskvy? |

| 也許我們要到哪個新區去看看？ | Может быть, мы побываем в каком-нибудь новом районе? |
|---|---|
| | Mozhet bytq, my pobyvaem v kakom-nibudq novom rajhone? |
| 或許，我們要去哪個新區看看？ | 🔊 Может быть, мы поедем в какой-нибудь новый район? |
| | Mozhet bytq, my poedem v kakoj-nibudq novyj rajhon? |

| 這條街道叫什麼名字？ | А как называется эта улица? |
|---|---|
| | A kak nazyvaetsja ehta ulica? |
| 這是果戈理林蔭大道嗎？ | 🔊 Это Гоголевский бульвар? |
| | EHto Gogolevskij bulqvar? |

| 妮娜，讓我給你照一張相。 | Нина, давай я тебя сфотографирую. |
|---|---|
| | Nina, davaj ja tebja sfotografiruju. |
| 妮娜，我們照張相留念吧。 | 🔊 Нина, давайте фотографироваться на память. |
| | Nina, davajte fotografirovatqsja na pamjatq. |

| 我們的遊覽到此結束，謝謝您的幫助。 | Наша экскурсия на этом окончена, спасибо за вашу помощь. |
|---|---|
| | Nasha ehkskursija na ehtom okonchena, spasibo za vashu pomothq. |
| 謝謝您，謝爾蓋·鮑裏索維奇，謝謝您對莫斯科作了有趣的介紹。 | 🔊 Спасибо вам, Сергей Борисович, за интересный рассказ о Москве. |
| | Spasibo vam, Sergej Borisovich, za interesnyj rasskaz o Moskve. |

## 美 髮

| | |
|---|---|
| 您能幫我理個髮嗎？ | Вы не могли бы помочь постричься?<br>Vy ne mogli by pomochq postrichqsja? |
| 我需要理個髮和洗個頭。 | 🔊 Мне надо постричься и помыть голову.<br>Mne nado postrichqsja i pomytq golovu. |
| 後面和兩鬢剪的短一些嗎？ | Сзади и виски, конечно, коротко?<br>Szadi i viski, konechno, korotko? |
| 請左邊再剪一些。 | 🗨 Слева, пожалуйста, снимите немного больше.<br>Sleva, pozhalujsta, snimite nemnogo bolqshe. |
| 請照一下鏡子？這樣您喜歡嗎？ | Взгляните, пожалуйста, в зеркало. Так вам нравится?<br>Vzgljanite, pozhalujsta, v zerkalo. Tak vam nravitsja? |
| 看一下鏡子，您喜歡嗎？ | 🔊 Посмотрите, пожалуйста, на зеркало. Вы любите?<br>Posmotrite, pozhalujsta, na zerkalo. Vy ljubite? |
| 現在您滿意嗎？ | Теперь вас устраивает?<br>Teperq vas ustraivaet? |
| 我很滿意。 | 🗨 Я вполне доволен.<br>JA vpolne dovolen. |
| 您要用髮蠟梳髮還是乾梳。 | Причесать вас с гелями или оставить волосы сухими.<br>Prichesatq vas s geljami ili ostavitq volosy suximi. |
| 請用一點髮蠟，不要乾洗。 | 🗨 Пожалуйста, немного бриллиантина. Нельзя оставить волосы сухими.<br>Pozhalujsta, nemnogo brilliantina. Nelqzja ostavitq volosy suximi. |
| 我想理髮。 | Я хочу постричься.<br>JA xochu postrichqsja. |
| 您想怎麼剪，短一點？ | 🗨 Вас как постричь, коротко?<br>Vas kak postrichq, korotko? |

198.mp3

| 後頸要刮呢還是剃？ | Шею побрить или подстричь? |
| --- | --- |
| | SHeju pobritq ili podstrichq? |
| 請只刮兩邊的。 | 🗣 Подбрейте только с боков, пожалуйста. |
| | Podbrejte tolqko s bokov, pozhalujsta. |

| 您要洗頭嗎？ | Голову не хотите помыть? |
| --- | --- |
| | Golovu ne xotite pomytq? |
| 洗一下頭吧！ | 🗣 Помойте голову! |
| | Pomojte golovu! |
| | 🌣 Спасибо кому за что，是俄語中一個很常用的片語，表示因某事而感謝某人。 |

| 我要等很久嗎？ | Мне долго придётся ждать? |
| --- | --- |
| | Mne dolgo pridjotsja zhdatq? |
| 我要等多久？ | 🔊 Сколько времени мне надо ждать? |
| | Skolqko vremeni mne nado zhdatq? |

| 我要洗洗頭，燙一燙，做個髮型。 | Я бы хотела, чтобы вы вымыли, завили и причесали мне волосы. |
| --- | --- |
| | JA by xotela, chtoby vy vymyli, zavili i prichesali mne volosy. |
| 給我做個髮型吧。 | 🔊 Причеши мне какую-то прическу. |
| | Pricheshi mne kakuju-to prichesku. |

| 還是像平時那樣理吧 | Стричь , как обычно. |
| --- | --- |
| | Strichq , kak obychno. |
| 我想只需稍稍修剪一下。 | 🔊 Только подстричь. |
| | Tolqko podstrichq. |

| 要燙髮嗎？ | Хочешь завить волосы? |
| --- | --- |
| | Xocheshq zavitq volosy? |
| 我一直都燙髮的。 | 🗣 Мне всё время завивали волосы. |
| | Mne vsjo vremja zavivali volosy. |

# 娛 樂

| | |
|---|---|
| 今天下午請您看電影。<br><br>我邀請您來我家做客。 | После обеда приглашаем вас в кино.<br>Posle obeda priglashaem vas v kino.<br><br>Я приглашаю вас ко мне в гости.<br>JA priglashaju vas ko mne v gosti. |
| 快開映了，我們入場吧！<br><br>放映廳設計得很好，裝潢也很講究。 | Скоро начался сеанс, пойдём в зал!<br>Skoro nachalsja seans, pojdjom v zal!<br><br>Зал очень хорошо спроектирован и оформлен!<br>Zal ochenq xorosho sproektirovan i oformlen! |
| 這部影片給我印象很深。<br><br>您對這部片子印象如何？ | Этот фильм произвёл на меня сильное впечатление.<br>EHtot filqm proizvel na menja silqnoe vpechatlenie.<br><br>Какие впечатление произвёл на вас фильм?<br>Kakie vpechatlenie proizvjol na vas filqm? |
| 等一下，我想看看海報。<br><br>你想去劇院嗎？ | Подожди минуточку. Я хочу посмотреть афиши.<br>Podozhdi minutochku. JA xochu posmotretq afishi.<br><br>Ты хочешь пойти в театр?<br>Ty xocheshq pojti v teatr? |
| 什麼時候開場？<br><br>幾點開場？ | Когда начинается сеанс?<br>Kogda nachinaetsja seans?<br><br>Во сколько начинается сеанс?<br>Vo skolqko nachinaetsja seans? |
| 我完全不同意你的看法。<br><br>我反對你的看法。 | Я с тобой совершенно не согласен.<br>JA s toboj sovershenno ne soglasen.<br><br>Я против тебя.<br>JA protiv tebja. |
| 我認為，觀眾根本不明白。<br><br>我認為，你完全錯了。 | По-моему, она осталась непонятной для зрителя.<br>Po-moemu, ona ostalasq neponjatnoj dlja zritelja.<br><br>Мне кажется, что тут ты абсолютно неправ.<br>Mne kazhetsja, chto tut ty absoljutno neprav. |

消費

**7**

娛樂

想看電影嗎？我有
兩張多餘的票。

正在上映一部很著名的
電影，想去嗎？

Не хотите на фильм? У меня
есть два лишних билета.
Ne xotite na filqm? U menja estq
dva lishnix bileta.

🔊 Сейчас идёт очень известное кино,
хотите в кино?
Sejchas idjot ochenq izvestnoe kino, xotite v
kino?

---

《莫斯科不相信眼
淚》。非常好的電
影。

這部影片得過奧斯卡
獎。

《Москва слёзам не верит》.
Очень хороший фильм.
《Moskva sljozam ne verit》.
Ochenq xoroshij filqm.

🔊 Это фильм, который получил премию
Оскара.
EHto filqm, kotoryj poluchil premiju Oskara

---

我就是喜歡電影。
各種影片。

你最喜歡什麼電影？

Я просто очень люблю кино.
Самые разные фильмы.
JA prosto ochenq ljublju kino.
Samye raznye filqmy.

🔊 Какие фильмы вы любите больше всего?
Kakie filqmy vy ljubite bolqshe vsego?

---

你想看什麼影片？

你對什麼電影感興趣？

Какой фильм тебя интересует?
Kakoj filqm tebja interesuet?

🔊 Каким фильмом ты интересуешься?
Kakim filqmov ty interesueshqsja?

---

看，在首都影院上
演故事片《潔淨的
天空》。

你看過《潔淨的天空》
這部片子嗎？

Вот, смотри, в кинотеатре
《Столица》 идёт художественный
фильм 《Чистое небо》.
Vot, smotri, v kinoteatre 《Stolica》
idjot xudozhestvennyj filqm
《CHistoe nebo》.

🔊 Ты видел этот фильм 《чистое небо》?
Ty videl ehtot filqm 《chistoe nebo》?

---

我要坐近些，我看
不清楚。

第十排？我有點看不
清。

Мне нужно поближе: я плохо вижу.
Mne nuzhno poblizhe: ja ploxo vizhu.

🔊 Ряд десятый? Мне плохо видно.
Rjad desjatyj? Mne ploxo vidno.

# Column 7：代詞的數、變格

疑問代詞

我們來看一下疑問代詞какой（如何，怎樣）的數、格的問題。從數和格這兩方面來說，疑問代詞какой相當於一個形容詞，在數和格的變化方面與形容詞的變化規律是一樣的。我們先來看看疑問代詞какой的數：

如果後面是單數名詞，那麼只需根據後面名詞的性來將疑問代詞變化成相應的形式，陽性中性陰性分別是：какой, какое, какая. 如果後面接的是複數第一格名詞，那麼就將какой變成какие。

再來看看疑問代詞的變格，疑問代詞單數二至六格：
какого(какой) ,какому(какой) ,
какого(какую) ,каким(какой) ,
каком(какой)。


指示代詞

俄語中的指示代詞有этот（這個），тот（那個），複數形式分別是эти（這些），те（那些）。Этот的二至六格：этого(этой), этому(этой), этого(эту), этим(этой), этом(этой)，тот的二至六格：того(той), тому(той), того(ту), тем(той), том(той).

# *Chapter 8*

## 特殊場景

## 呼　救

| | |
|---|---|
| **救命啊！**<br><br>幫幫我啊！ | **Спасите! Караул!**<br>**Spasite! Karaul!**<br><br>🔊 Помогите!<br>　Pomogite! |
| **來人啊！**<br><br>有人嗎？ | **Приходите! Кто-нибудь!**<br>**Prixodite! Kto-nibudq!**<br><br>🔊 Есть ли кто-нибудь?<br>　Estq li kto-nibudq?<br><br>💡 注意這裏面的**нибудь**的用法，在這裏面表示"無論什麼人，隨便什麼人"，如果是**что-нибудь**，表達的意思就是"隨便什麼東西，無論什麼東西"。 |
| **著火了！**<br><br>請撥打 01。 | **Пожар!**<br>**Pozhar!**<br><br>🔊 Звоните 01 (ноль один).<br>　Zvonite 01 (nolq odin).<br><br>💡 **Пожар**本身是一個名詞，是"火災"的意思，在緊急時刻，僅僅一個名詞就可以表達出所有的含義。尤其是再加上那種緊急狀態下所用的語調。 |
| **有人溺水了！**<br><br>這個地方經常有人溺水。 | **Человек утонет!**<br>**CHelovek utonet!**<br><br>🗨 Это часто бывает здесь ,что люди утопают.<br>　EHto chasto byvaet zdesq ,chto ljudi utopajut. |
| **打劫了！**<br><br>街上碰到小偷是常有的事。 | **Грабили!**<br>**Grabili!**<br><br>🔊 Это часто бывает, что на улице часто встречают воры.<br>　EHto chasto byvaet, chto na ulice chasto vstrechajut vory. |
| **快來幫忙啊！**<br><br>誰能幫我一下呢？ | **Приходите на помощь!**<br>**Prixodite na pomothq!**<br><br>🔊 Кто может мне помочь?<br>　Kto mozhet mne pomochq? |

| | |
|---|---|
| **抓小偷啊！** | **Вора схватить!**<br>**Vora sxvatitq!** |
| 我們要敢於同小偷做鬥爭。 | 📣 Мы должны смело бороться с ворами.<br>My dolzhny smelo borotqsja s vorami. |
| **有人嗎？** | **Кто-нибудь здесь?**<br>**Kto-nibudq zdesq?** |
| 有人沒？ | 🔊 Есть ли кто-нибудь?<br>Estq li kto-nibudq? |
| **快來人啊，出事了！** | **Люди! Приходите! ЧП здесь!**<br>**Ljudi! Prixodite! CHP zdesq!** |
| 出什麼事了？ | 📣 Что случилось?<br>CHto sluchilosq? |
| **誰是醫生，快來啊，有人暈倒了！** | **Здесь есть врач? Приходите! У человека обморок!**<br>**Zdesq estq vrach? Prixodite! U cheloveka obmorok!** |
| 您可以向醫生求助。 | 📣 Вы можете обратиться к врачу за помощью.<br>Vy mozhete obratitqsja k vrachu za pomothqju. |

特殊場景

**8**

呼救

## 求 醫

**我要看內科醫生。**

那我們填一下卡吧。
請說姓名，年齡。

Мне нужно попасть к терапевту.
Mne nuzhno popastq k terapevtu.

📌 Тогда заполните карту. Пожалуйста
фамилия, имя, год рождения.
Togda zapolnite kartu. Pozhalujsta familija,
imja, god rozhdenija.

**您得的是流感。**

需要打針。

У вас грипп.
U vas gripp.

📌 Вам надо делать уголы.
Vam nado delatq ugoly.

**我給您開些藥。**

我給你開個藥方。

Я пропишу вам лекарство.
JA propishu vam lekarstvo.

🔘 Я выпишу вам рецепт.
JA vypishu vam recept.

**我咳嗽。**

我傷風。

У меня кашель.
U menja kashelq.

🔘 У меня насморк.
U menja nasmork.

**我胃口不好。**

У меня плохой аппетит.
U menja ploxoj appetit.

**我頭疼。**

我嗓子疼。

我胃疼。

У меня болит голова.
U menja bolit golova.

🔘 У меня болит горло.
U menja bolit gorlo.

🔘 У меня болит желудок.
U menja bolit zheludok.

**我牙疼。**

我眼睛疼。

我腳疼。

У меня болят зубы.
U menja boljat zuby.

🔘 У меня болят глаза.
U menja boljat glaza.

🔘 У меня болят ноги.
U menja boljat nogi.

請每四小時服用一次。

請一日三次飯後服。

Принимайте через каждые 4 часа.
Prinimajte cherez kazhdye 4 chasa.

🔊 Принимайте три раза в день после еды.
Prinimajte tri raza v denq posle edy.

你哪裏不舒服？

我發燒。

На что жалуетесь?
Na chto zhaluetesq?

🏹 У меня температура.
U menja temperatura.

請坐，您哪裏不舒服？

我最近一段時間頭疼。

Садитесь, на что жалуетесь?
Saditesq, na chto zhaluetesq?

🔊 У меня в последнее время болит голова.
U menja v poslednee vremja bolit golova.

發燒嗎？

每到晚上有點低燒。

Температура есть?
Temperatura estq?

🔊 Небольшая по вечерам.
Nebolqshaja po vecheram.

請飯前半小時服用。

請飯後半小時服用。

Принимайте за полчаса еды.
Prinimajte za polchasa edy.

🔊 Принимайте через каждые 4 часа.
Prinimajte cherez kazhdye 4 chasa.

|  | 報 失 |
|---|---|

我的信用卡要報失。

Я должна сообщить о потере карточки.
JA dolzhna soobthitq o potere kartochki.

我需要你的名字、卡號，還有信用卡的到期日。

🔊 Мне нужны ваше имя, номер счёта и сроки действия карты.
Mne nuzhny vashe imja, nomer schjota i sroki dejstvija karty.

---

您可以按照我的位址給我寄一張新卡嗎？

Вы можете прислать новую карту на мой домашний адрес?
Vy mozhete prislatq novuju kartu na moj domashnij adres?

您郵寄過銀行卡嗎？

🔊 Вы прислали банковскую карту по почте?
Vy prislali bankovskuju kartu po pochte?

---

報失國際信用卡要些什麼程序？

В каком порядке мне нужно действовать при потере международной кредитной карточки?
V kakom porjadke mne nuzhno dejstvovatq pri potere mezhdunarodnoj kreditnoj kartochki?

我們應按照法律規定程序辦理。

🔊 Мы должны делать это в уставленном настоящим законом порядке.
My dolzhny delatq ehto v ustavlennom nastojathim zakonom porjadke.

---

近況如何？

Как дела?
Kak dela?

你最近怎樣？

🔊 Как поживешь?
Kak pozhiveshq?

---

您需要填寫這張申請表。

Вы должны заполнить это заявление-анкету.
Vy dolzhny zapolnitq ehto zajavlenie-anketu.

您最好提供給我們一張您的身份證的影印本。

🔊 Вам лучше предоставить нам одну копию вашего удостоверения личности.
Vam luchshe predostavitq nam odnu kopiju vashego udostoverenija lichnosti.

| | |
|---|---|
| 看起來你心情不是很好。 | На мой взгляд, у вас плохое настроение, что случилось.<br>Na moj vzgljad, u vas ploxoe nastroenie, chto sluchilosq. |
| 我覺得，你心情不好。 | 🔊 Я чувствую, что ты не в душе.<br>JA chuvstvuju, chto ty ne v dushe. |
| 我最近很不走運，總是丟東西。 | В последнее время мне не повезло, я часто потерял вещи.<br>V poslednee vremja mne ne povezlo, ja chasto poterjal vethi. |
| 丟東西是常有的事。 | 🔊 Это часто бывает, что за последнее время чаще потеряю вещь.<br>EHto chasto byvaet, chto za poslednee vremja chathe poterjaju vethq. |
| 在丟東西之後要記得報失。 | Надо сразу сообщить о потере после того, как вы потеряете что-то.<br>Nado srazu soobthitq o potere posle togo, kak vy poterjaete chto-to. |
| 丟東西之後，你會做什麼？ | 🔊 Что ты будешь делать, если ты потеряли вещи?<br>CHto ty budeshq delatq, esli ty poterjali vethi? |
| 我已經報失了，但是我的銀行卡還是沒找回來。 | Я уже сообщил о потере моей карты банка, но я ещё не получил новую карту.<br>JA uzhe soobthil o potere moej karty banka, no ja ethjo ne poluchil novuju kartu. |
| 您找到丟失的銀行卡了嗎？ | 🔊 Вы уже нашли потерянную банковскую карточку?<br>Vy uzhe nashli poterjannuju bankovskuju kartochku? |
| 丟東西會使我們的心情很糟糕。 | Потеря принесёт нам плохое настроение.<br>Poterja prinesjot nam ploxoe nastroenie. |
| 丟東西影響我們的心情。 | 🔊 Потеря вещей мешает наше настроение.<br>Poterja vethej meshaet nashe nastroenie. |

特殊場景

8

報失

## 武 術 館

| 聽説，你在練武術。這是真的嗎？ | Мне сказали, что ты занимаешься "ушу". Это правда ли? |
|---|---|
| | Mne skazali, chto ty zanimaeshqsja "ushu". EHto pravda li? |
| 聽説，你在練武，卻是如此嗎？ | 🔊 Говорят, что ты занимаешься "ушу", это действительно так? |
| | Govorjat, chto ty zanimaeshqsja "ushu", ehto dejstvitelqno tak? |

| 我們莫斯科近些年有許多人喜歡練武術。 | У нас в Москве у последние годы многие любят заниматься "ушу". |
|---|---|
| | U nas v Moskve u poslednie gody mnogie ljubjat zanimatqsja "ushu". |
| 大多數中國人都比較喜歡武術。 | 🔊 Болqшинство китайцев любят "ушу". |
| | Bolqshinstvo kitajcev ljubjat "ushu". |

| 中國的武術，這是一門科學。 | Китайская националqная гимнастика "ушу"--это наука. |
|---|---|
| | Kitajskaja nacionalqnaja gimnastika"ushu"--ehto nauka. |
| 中國的武術世界聞名。 | 🔊 Китайское "ушу" известно во всем мире. |
| | Kitajskoe "ushu" izvestno vo vsem mire. |

| 對我們來説，武術不僅是自衛手段，也是增強體質的方法。 | Для нас "ушу" не толqко средство самозатиты, но и средство укрепления здоровqja. |
|---|---|
| | Dlja nas "ushu" ne tolqko sredstvo samozathity, no i sredstvo ukreplenija zdorovqja. |
| 武術對你來説是什麼？ | 🔊 Что такое "ушу" для тебя? |
| | CHto takoe "ushu" dlja tebja? |

| 我能不能練武術呢？ | Могу ли я заниматься гимнастикой "ушу"? |
|---|---|
| | Mogu li ja zanimatqsja gimnastiokj "ushu"? |
| 你會練武嗎？ | 🔊 Ты умеешь заниматься "ушу"? |
| | Ty umeeshq zanimatqsja "ushu"? |

所有願意練的人都
能為自己找到最適
合的武術。

什麼形式的武術最適合
我們呢？

Все желающие могут найти
для себя самые удобные виды
гимнастики.
Vse zhelajuthie mogut najti dlja sebja
samye udobnye vidy gimnastiki.

Какие виды гимнастики нам подходит
больше всего?
Kakie vidy gimnastiki nam podxodit bolqshe
vsego?

---

練習武術能給人們
帶來什麼好處呢？

練習武術對我們有益。

Какую пользу приносят
упражнения "ушу" людям?
Kakuju polqzu prinosjat
uprazhnenija "ushu" ljudjam?

Занятие ушу пойдет нам на пользу.
Zanjatie ushu pojdet nam na polqzu.

---

你還知道什麼有關
武術的事情嗎？

所有關於武術的我都有
所瞭解。

Что вы ещё знаете о гимнастике
"ушу"?
CHto vy ethjo znaete o gimnastike
"ushu"?

Все о гимнастике "ушу" мне более или
менее известно.
Vse o gimnastike "ushu" mne bolee ili
menee izvestno.

---

武術能對病人起到
醫療作用。

武術幫助病人盡快康
復。

Упражнения "ушу" оказывают
целебное действие на больных
людей.
Uprazhnenija "ushu" okazyvajut
celebnoe dejstvie na bolqnyx ljudej.

Управления "ушу" помогает больным
скорее поправиться.
Upravlenija "ushu" pomogaet bolqnym
skoree popravitqsja.

---

武術包括不同的練
功種類。

武術包括什麼？

Гимнастика "ушу" содержит
в себе различные категории
упражнений.
Gimnastika "ushu" soderzhit v sebe
razlichnye kategorii uprazhnenij.

Что включает в себя ушу?
CHto vkljuchaet v sebja ushu?

特殊場景

8

武術館

少林拳是最著名的流派之一。

武術中什麼流派最出名？

"Шаолиньцюань"--это одна из самых известных школ.
"SHaolinqcjuanq"--ehto odna iz samyx izvestnyx shkol.

🔫 Какая школа управлений ушу больше всего известна?

Kakaja shkola upravlenij ushu bolqshe vsego izvestna?

# 足 球 場

| | |
|---|---|
| 比賽的門票全部售完。 | Все билеты на матч проданы.<br>Vse bilety na match prodany |
| 還有門票嗎？ | 🗨 Есть ли билеты в продаже?<br>Estq li bilety v prodazhe? |
| 我想讓你高興高興，看見這門票了嗎？ | хочу тебя обрадовать, видишь эти билеты?<br>xochu tebja obradovatq, vidishq ehti bilety? |
| 看到這些門票他一定很會很高興的。 | 🗨 Он обязательно очень рад при виде этих билетов.<br>On objazatelqno ochenq rad pri vide ehtix biletov. |
| 昨天俄羅斯國家隊和法國隊在這裏踢了場球。 | Сборная команда России и команда Франции играли в футбол здесь вчера.<br>Sbornaja komanda Rossii i komanda Francii igrali v futbol zdesq vchera. |
| 聽説，昨天有人在這踢球了。 | 🗨 Говорят, что кто-то здесь играл в футбол вчера.<br>Govorjat, chto kto-to zdesq igral v futbol vchera. |
| | 💡 注意俄語中在表示某個國家的時候，首字母要大些，另外，在表示人的名字或者一些地名的時候，首字母也是要大寫的。一般情況下，在這些首字母需要大寫的單詞中，如果首字母本身就是原因，那麼這個詞的重音大多數就落在第一格字母上。 |
| 瑪莎，我很喜歡踢右邊鋒的球員。 | Маша, мне очень нравится спортсмен на правом крае.<br>Masha, mne ochenq nravitsja sportsmen na pravom krae. |
| 瑪莎，你喜歡那個球員？ | 🗨 Маша, какого спортсмена ты любишь?<br>Masha, kakogo sportsmena ty ljubishq? |

🔵 214.mp3

| | |
|---|---|
| 您為那個隊加油喊？<br><br>同學們都來為我們助威了。 | За какую команду вы болеете?<br>Za kakuju komandu vy boleete?<br><br>🗣 Все наши ребята пришли болеть за нашу команду.<br>Vse nashi rebjata prishli boletq za nashu komandu. |
| 這是個好的開端。現在法國隊不得不想辦法挽回敗局。<br><br>怎樣挽回敗局——這是問題的關鍵。 | Это хорошее начало, теперь команде Франции придётся отыгрываться.<br>EHto xoroshee nachalo, teperq komande Francii pridjotsja otygryvatqsja.<br><br>🔊 Как отыгрываться—в том и дело.<br>Kak otygryvatqsja—v tom i delo. |
| 我看的是電視轉播，可是沒看完。<br><br>這是轉播嗎？ | Я смотрела по телетрансляции, но не досидела до конца.<br>JA smotrela po teletransljacii, no ne dosidela do konca.<br><br>🔊 Это телетрансляция?<br>EHto teletransljacija? |
| 不是，比賽結果是4:3，俄羅斯國家隊勝了。<br><br>哪個國家隊贏了？ | Нет, матч закончился со счётом 4:3 в пользу сборной России.<br>Net, match zakonchilsja so schjotom 4:3 v polqzu sbornoj Rossii.<br><br>🏃 Какая сборная проигрывает?<br>Kakaja sbornaja proigryvaet? |
| 這些都給我們留下了難忘的印象！<br><br>這留給我深刻印象。 | Оин произвели на нас незабываемое впечатление!<br>Oin proizveli na nas nezabyvaemoe vpechatlenie!<br><br>🔊 Это оставляет мне сильное впечатление.<br>EHto ostavljaet mne silqnoe vpechatlenie. |

214

| 就是説，你是為自己隊加油的。 | Значит, ты болела за свою команду.<br>Znachit, ty bolela za svoju komandu. |
|---|---|
| 為哪個隊加油，不重要，重要的是友誼。 | 📢 За какую команду болеть—не важно, важнее, это дружба.<br>Za kakuju komandu boletq—ne vazhno, vazhnee, ehto druzhba. |
| 是的，我們的運動員表現很好。 | Да, наши спортсмены выступили очень хорошо.<br>Da, nashi sportsmeny vystupili ochenq xorosho. |
| 我們的運動員表現的怎樣？ | 🔊 Как выступает наш спортсмен?<br>Kak vystupaet nash sportsmen? |
| 我聽説，我們國家隊贏了許多金牌和銀牌。 | Мне сказали, что наша национальная команда завоевала много золотых и серебряных медалей.<br>Mne skazali, chto nasha nacionalqnaja komanda zavoevala mnogo zolotyx i serebrjanyx medalej. |
| 我們國家隊贏了多少金牌和銀牌？ | 🔊 Сколько золотых и серебряных медалей наша национальная команда завоевала всего?<br>Skolqko zolotyx i serebrjanyx medalej nasha nacionalqnaja komanda zavoevala vsego? |

<br>

## 歌 舞 廳

| | |
|---|---|
| 我們想找個帶酒吧的舞廳好好輕鬆輕鬆。<br><br>您一般去什麼酒吧休息？ | Нам хотелось бы найти танцзал с баром для отдыха.<br>Nam xotelosq by najti tanczal s barom dlja otdyxa.<br>🔎 В какой бар вы часто ходите для отдыха?<br>V kakoj bar vy chasto xodite dlja otdyxa? |
| 真為你們的勝利高興，你們準備好好慶祝一下吧？<br><br>怎麼慶祝一下這節日啊？ | Очень рада за вашу победу, вы хотите как следует отпраздновать это событие?<br>Ochenq rada za vashu pobedu, vy xotite kak sleduet otprazdnovatq ehto sobytie?<br>🔘 Как же торжествовать этот праздник?<br>Kak zhe torzhestvovatq ehtot prazdnik? |
| 我們好久沒有好好愉快一下了。<br><br>我們應當好好的愉快一下。 | Мы давно не имели возможности как следует повеселиться.<br>My davno ne imeli vozmozhnosti kak sleduet poveselitqsja.<br>🔘 Мы должны как следует повеселиться.<br>My dolzhny kak sleduet poveselitqsja. |
| 我們後天就要回國了，明天還有許多事情要做呢。<br><br>您多長時間回趟國？ | Послезавтра мы уезжаем к себе на родину, и завтра ещё много дел.<br>Poslezavtra my uezzhaem k sebe na rodinu, i zavtra ethjo mnogo del.<br>🔎 Как часто вы возвращаетесь к себе на родину?<br>Kak chasto vy vozvrathaetesq k sebe na rodinu?<br>🌟 Как часто 詢問"頻率"，相當於英語中的"how often"。 |
| 歡迎各位光臨！<br><br>歡迎您！ | Добро пожаловать!<br>Dobro pozhalovatq!<br>🔘 Вас приветствую!<br>Vas privetstvuju! |
| 祝各位玩兒的愉快。<br><br>祝你一切安好。 | Желаю вам весело провести время.<br>ZHelaju vam veselo provesti vremja.<br>🔘 Желаю вам всего хорошего.<br>ZHelaju vam veselo provesti vremja. |

也許還有你們國家的樂曲呢？

哪國的歌曲你最喜歡？

Может быть, тут есть и музыка вашей страны?

Mozhet bytq, tut estq i muzyka vashej strany?

🔊 Песню какой страны вы больше всего любите?

Pesnju kakoj strany vy bolqshe vsego ljubite?

---

讓那位穿白裙子的歌星為我們演唱，好麼？

那位穿白裙子的歌星是誰？

Пусть нам споёт та певица в белом платье, ладно?

Pustq nam spojot ta pevica v belom platqe, ladno?

🔊 Кто это певица в белом платье?

Kto ehto pevica v belom platqe?

💭 Пусть語氣詞，與動詞單、複數第一、三人稱連用，可表示祈使，命令，意為 "叫、讓"。

💭 "ходить в чём" 意為 "穿……衣服"，其中ходить有時可以省略不說。例如 "в очках" 等均出自此句式。

---

這燈光音樂多美呀，就像在夢境中一樣。

我經常夢到自己唱歌。

Замечательная светомузыка, как во сне.

Zamechatelqnaja svetomuzyka, kak vo sne.

🗣 Я часто пою во сне.

JA chasto poju vo sne.

---

我們一定會再來的，朋友們！

我們將來會來的，朋友們。

Я обязательно ещё раз приеду, друзья!

JA objazatelqno ethjo raz priedu, druzqja!

🔊 Мы будем возвращаться, друзья!

My budem vozvrathatqsja, druzqja!

---

感謝您的邀請。

多謝您的邀請。

Спасибо вам за приглашение.

Spasibo vam za priglashenie.

🔊 Благодарен вам за ваше приглашение.

Blagodaren vam za vashe priglashenie.

特殊場景

**8**

歌舞廳

# Column 8：俄羅斯文化

## 社 交

俄羅斯族人性情開朗，說話幽默，民族自尊心較強，一般都好客，講究禮節。迎接客人，最隆重的傳統禮節是用麵包和鹽迎接客人，象徵著善意和友誼。來客須用刀子切下一塊麵包沾少許鹽吃下後才可用於一般社交場合。

俄羅斯人忌送黃色禮品，認為黃色表示不忠誠，藍色代表友誼。社交中，接吻禮節也較盛行，但也有種種禁忌，如朋友之間只能互吻面頰，男子不能吻未婚姑娘的手，只能吻已婚婦女的手背，只有長輩才能吻晚輩的額頭等等。

與老年人同行時，年輕人不可走在前面，男女同行時，男子不可走在前面；在宴會上，男子不可以在婦女入座前先坐；男子不得戴手套和別人握手，見到長者或婦女時，應先鞠躬，等對方伸出手來時才可行握手禮。

去俄羅斯族人家作客時，有不少規矩。要先敲門，得到主人允許後，方可進屋，進屋後不能戴帽子，不能坐在主人家的床上；客人若要吸煙，必須事先徵得主人的同意；點煙時，不可以用一根火柴連續給三個人點煙；不能問別人的收入，也不可以問婦女的年齡，否則被視為不禮貌；赴家庭宴會時，一般應比預訂的時間晚15 分鐘到，但不宜更晚。俄羅斯族人在生活中還很忌諱數字，尤其是 "13"，被他們稱為是鬼數，最不吉利。

## 飲 食

俄羅斯人用麵包加鹽的方式迎接貴賓，這是因為在古俄羅斯鹽很珍貴，只有款待賓客時才用，麵包在當時代表著富裕和地位。一般將麵包放在鋪有精緻刺繡方巾的托盤上，由主人獻給尊貴的客人；客人先對麵包示以親吻，然後掰下一小塊，撒上點鹽，品嘗一下，表示感謝。

俄羅斯人喜喝紅茶加糖、蜂蜜或果醬，俄羅斯的飲茶文化淵遠流長。早在十八世紀，俄羅斯的一些城市就開始生產茶具，其中圖拉被公認為真正的茶炊之都，茶炊是俄羅斯傳統飲茶文化的象徵，在今天的俄羅斯，茶炊已經成為了溫馨家庭的獨特標誌。

俄羅斯人喜歡飲酒，但不太講究菜餚，有酒喝就行。女士們一般喝香檳和果酒，而男士們則偏愛伏特加，伏特加是一種用糧食釀造的燒酒。好的伏特加雖然度數高，但喝後不容易上頭。

俄羅斯族人愛吃肉，但忌食馬肉、驢肉，飲酒時不可以左手舉杯。喝湯時必須用勺，但不得用左手拿勺。

茶炊是我國人日常生活中不可缺少的一部分，它是溫馨家庭的獨特象徵和支柱。俄羅斯有獨特的飲食習慣：一日三餐，早餐比較簡單，麵包夾火腿，喝茶，咖啡或牛奶；午餐則豐富的多，通常都有三道菜。第一道菜之前是冷盤。第一道菜是湯，俄式湯類比較營養，有馬鈴薯、各類蔬菜，還有肉或魚片；第二道菜肉類或是魚類加一些配菜。第三道菜是甜點和茶、咖啡之類，按照俄羅斯的習慣，菜的順序不能顛倒。

## 衣　著

俄羅斯人很注重儀表，很愛乾淨，衣著整潔。出門旅行總要帶熨斗，參加晚會、觀看演出，俄羅斯人習慣穿晚禮服，尤其是看芭蕾舞劇，顯得特別高貴。在冰天雪地，腳蹬長統靴，腿穿單絲襪，身著超短裙，外套一件銀狐或藍狐段大衣，是莫斯科冬天一景，不過莫斯科的風硬，必須帶帽子。

俄羅斯人特別喜歡花，逢年過節或是去朋友那裏作客都要買花，家中還種一些。他們也特別愛小動物，像貓、狗等。

## 興　趣

俄羅斯人喜歡文學，酷愛讀書，在汽車上、地鐵裏，隨處可見看報、讀書的人，很多俄羅斯人的家裏都有豐富的藏書，有的甚至有自己的家庭圖書館。

俄羅斯優美的自然環境給她的人民提供了很好的休息環境。在夏季，空閒時人們常在公園或路邊小憩，或是在郊外燒烤和游泳，當假期來臨，他們就去自己的別墅去種種菜，休息休息，是一個極會享受的民族。

俄羅斯極富民族特色的紀念品「木娃娃」（матрёшка），它幾乎是俄羅斯傳統工藝品的象徵。

# 附錄

## 俄語 · 羅馬拼音對照表

| | |
|---|---|
| A=A | P=R |
| Б=B | C=S |
| B=V或W | T=T |
| Г=G | У=U |
| Д=D | Ф=F |
| E=E或JE | X=H或KH 或CH |
| Ж=ZH 或J或 V | Ц=C |
| 3=Z | Ч=CH或 TCH |
| И=I | Ш=SH |
| Й=J或I | Щ=SCH或 SC 或 SHTCH 或 STCH或 SHCH |
| K=K | Ъ不用寫拉丁字母 |
| Л=L | Ы=Y |
| M=M | Ь=J或不用寫拉丁字母 |
| H=N | Э=E |
| O=O | Ю=JU或 IU |
| П=P | Я=JA或 IA |